松本・江の島殺人事件

梓 林太郎

AZUSA RINTARO

KAPPA NOVELS

目次

◎第一章
横尾の川音 —— 9
◎第二章
密告 —— 42
◎第三章
驟雨 —— 75
◎第四章
七里ヶ浜 —— 106
◎第五章
江の島 —— 133
◎第六章
演歌 —— 161
◎第七章
無明長夜 —— 188

藤沢本町
富士見町
藤沢
辻堂
東海道本線
湘南町屋
湘南深沢
石上
江ノ島電鉄
本鵠沼
304
湘南モノレール
柳小路
小田急江ノ島線
467
鵠沼
鵠沼海岸
片瀬山
西鎌倉
134
湘南海岸公園
湘南海岸公園
目白山下
鎌倉広町緑地
由比ヶ浜
江ノ島
湘南江の島
極楽寺
新江ノ島水族館
腰越
長谷
片瀬江ノ島
134
七里ヶ浜
305
江の島弁天橋
片瀬東浜
海水浴場
鎌倉高校前
稲村ヶ崎
N
江の島
0
1km
134
湘南海岸公園
湘南海岸公園
江ノ島電鉄
467
目白山下
小田急江ノ島線
境川
湘南モノレール
湘南江の島
龍口寺
江ノ島
新江ノ島水族館
片瀬江ノ島
304
134
腰越
片瀬東浜
海水浴場
305
江の島弁天橋
郵便局
江の島シーキャンドル
江島神社
辺津宮
江の島ヨットハーバー
江島神社
奥津宮
聖天島公園
江島神社
中津宮
相模湾
釜の口

湘南・江の島周辺略図

第一章　横尾の川音

1

一月十六日の昼すぎ、松本《まつもと》市には小雪が舞いはじめた。ほとんどの署員が昼食を終えたころ、灰色の褪《さ》めたコートを着た小柄な老女が、女性警官に連れられて相談室へ入った。

老女の名は沖島《おきしま》ハナ、九十二歳。氏名と年齢と住所は、所持していた後期高齢者医療被保険者証で確認した。

彼女は、午前十一時二十分に松本市中心部のスーパーで、パックに入ったコンブの佃煮《つくだに》を万引きした。

当然だが彼女の髪は真っ白で薄く、目尻には深い皺《しわ》が彫られ、薄い唇も皺で囲まれていた。彼女の前には透明パックに入ったコンブの佃煮が置かれている。彼女はスーパーでそれをポケットにしまったところを、店員に見られたようだ。

一週間前に彼女は、小箱に入ったチョコレートをポケットに入れたところを店員に見つかり、「盗んじゃダメだよ」といわれ、チョコレートを取り上げられた。今回は二度目だった（二度目だったかははっきりしていない）ので、スーパーの店長は警察に知らせた。

相談室で生活安全課の女性警官が沖島ハナの身の上などをきいたが、ハナは口を閉じて、警官の質問にはなにも答えなかった。その知らせが刑事課へ入った。

「そのおばあさんは、コンブの佃煮を見ているうちに、無性に食べたくなったのね。見逃してあげればいいのに」

シマコと呼ばれている河原崎志摩子《かわらざきしまこ》がつぶやいた。

「こらっ」

三船《みふね》課長は、白い目でシマコをにらんだ。

「私が話してみよう」

課長は席を立って、沖島ハナがいる相談室へ向かった。

刑事の道原伝吉《みちはらでんきち》は、課長の背中を追って相談室へ入った。

小さい顔のハナは、自分の手相でも見るような恰好《かっこう》をしていた。背中が少し丸くなっている。

「私は、三船というものです。沖島さんは、九十二歳だというが、顔色はいいし、丈夫そうですね。どこか不自由なところは、ありませんか」

ハナは、課長の顔をにらむように見てから、

「歩くのが、遅くなりました」

と、小さい声で答えた。

「歩いていて、つまずいたりしませんか」

「杖《つえ》を失《な》くしてから、つまずくことが、ときどき」

「杖を失くしたとは……」

「家具の店へ置き忘れたんです。店を出て、ちょっと歩いて、杖を忘れたのを思い出して、もどったら、失くなっていたため、店の人にきいたら、知らないって」

「それは不自由だ。この署には、忘れ物の杖があるので、それを使ってください。……ところで、きょうはお昼ご飯を食べましたか」

「食べていません」

「それはいけない。お腹《なか》がすいているでしょ」

「はい」

ハナは両手で腹をさすった。

「なにがお好きですか」

「わたしは、ざるそばが」

課長はシマコを呼び、「立科《たてしな》」へざるそばを頼むようにといいつけた。するとハナは、

「きょうは、温かいうどんのほうがいい」

といった。結構あつかましい一面があるらしい。

きつねうどんが届くと、ハナは警察署の相談室にいるのを忘れているように、箸《はし》にはさんだうどんに息を吹きかけて、きれいに食べ、丼を両手で持って汁を吸った。

「ご馳走《ちそう》さまでした」

といって、手を合わせた。温かい食事をしたからか、彼女の顔には赤みがさした。

彼女の住所は松本市惣社《そうざ》となっている。住まいは自分の家かときくと、自宅だと答えた。

課長は家族をきいた。

「いまは二人暮らしです」

「いまは二人暮らしというと、二人暮らしになる前は、だれと住んでいたんですか」

「なおえの親も住んでおりました」

なおえとはどんな字かときくと、課長が差し出したメモ用紙に「直絵」と丁寧に書いた。曽孫《ひまご》は女性だ。その文字はうまかった。

「直絵さんは、何歳ですか」

「二十二歳か二十三歳だと思います」

「直絵さんは、独身なのですね」

「そうです」

課長はハナに向き直ると、

「あなたのご主人は」

ときいた。

「十年、いえ十五年前に亡くなりました。七十七歳でした」

名前をきくと忠繁《ただしげ》だと答えた。彼女は夫の名を口にしたからか胸で手を組み合わせた。

「お子さんは」

「弥生《やよい》という名でした。風邪をひいて何日か寝ていましたけど、咳《せき》がとまらなくなって、夜明けに亡くなりました。六十六歳で、以前からからだの弱い子で、大町《おおまち》生まれの九次《きゅうじ》と結婚しましたけど、女の子を一人産んだだけでした。九次は松本市内で交通事故に遭《あ》ったのがもとで、弥生が死んだ次の年に亡くなりました」

「弥生さんの子どもというと、あなたのお孫さんですね」

「はい、久留美《くるみ》という名でした。久留美は木曽《きそ》生まれの音助《おとすけ》と結婚して、松本市内で食堂を開いていました。久留美は四十一のときに、頭が痛いといって三日ばかり寝ていましたけど、夜中に譫言《うわごと》のようなことをいって、息を引き取りました」

ハナは膝の上にのせていたコートのポケットからタオル地の小さなハンカチを取り出すと、唇を拭《ぬぐ》った。

「音助というのは、質《たち》のよくない男でした」

といって、口許《くちもと》をゆがめた。

「質のよくないといいますと」

久留美が死亡すると、音助は食堂をたたんで、サラリーマンになった。

「会社勤めをしておりましたけど、毎晩、外で酒を飲んできて、わたしにはなにもいわずに、二階へ上がっていって、寝てしまうんです。……それでも会社は休まず、朝ご飯を食べると、さっさと会社へ出掛けていきました」

「音助さんの勤め先は、松本市内でしたか」

「市内の建設会社でした」

ハナはハンカチをにぎった手に力を込めた。
五、六分黙っていたが、再び話し始めた。音助は会社から帰ってこなくなった。音助と久留美とのあいだには直絵という娘がいた。ハナの曽孫である。
直絵は音助の勤務先へ電話して、父親が帰宅しないことを伝えた。すると、予想外の答えが返ってきた。

『沖島音助さんは、一週間前に退職しました』

といわれたのだという。

課長は首をかしげていたが、斜め後ろの道原を振り返ると、

「伝さん、代わってくれ」

といって椅子を立った。

道原がハナの正面にすわった。

「私は道原。伝吉という名なので、署内では伝さんと呼ばれています」

ハナはまばたきをしてから、

「憶《おぼ》えやすくて、いい名前ですね」

といった。低い声だがはっきりしていて張りがある。九十二歳が嘘《うそ》のようだ。相談にあたる警官の名をほめる人も珍しい。

「あなたのお名前も憶えやすいですよ」

「わたしは運が悪い。名前のせいかもしれません」

娘や孫に早死にされたことを指しているようだ。

「あなたは、孫の久留美さんが亡くなったあと、久留美さんの夫の音助さんと、曽孫の直絵さんと

三人暮らしをしていた。音助さんのことを質のよくない人といったが、争いごとでも起こしたことがあったんですか」

道原は、ハナの顔や手を見ながらきいた。

「外で酒を飲んでくるだけでなくて、会社の給料の日、わたしにお金を出そうとしなかったんです。ですので、わたしが催促すると、いやいや……」

ハナは口をゆがめた。音助の顔でも思い出したらしい。

「直絵さんは、働いているのですか」

高校を卒業すると、安曇野《あづみの》市の精密機械メーカーへ就職したという。音助がいなくなって二十日ほどが経《た》っている。彼がもどってくるかは不明だ。

何年か前、道原はスーパーマーケットの店長から万引きをする人についてきいたことがある。万引きをするのは生活困窮者にかぎらないということだった。一種のクセらしい。欲しい物を見るとそれに手が伸びてしまうのだろうという。

「直絵さんは、給料をいただいてくると、あなたに、いくばくかを差し出すのですね」

「はい。直絵は父親に似ず、いい子です」

窓を向くと雪が斜めに降っていた。道原はハナを自宅へ車で送っていくことにして、それをシマコに伝えた。

ハナの住所は市内惣社で、松本民芸《まつもとみんげい》家具の近くだ。彼女がコンブの佃煮をコートのポケットに入れたスーパーの魚丹《うおたん》へは一キロ半ぐらいある。歩いて買い物に行ったのかときくと、

「雪の日になるとは思わなかったので」

歩いていったのだといった。

いつも買い物には歩いていくのかときくと、バスに乗る日もある、と答えた。

「日曜は、直絵が車で、あちこちへ連れていってくれます」

「いいお孫さん、いや曽孫さんだったね。最近は、どこへ行きましたか」

「塩尻《しおじり》へ行ったし、諏訪湖《すわこ》や、霧ケ峰《きりがみね》へ行ったこともありました。去年の秋には、千畳敷《せんじょうじき》へ連れていってくれました」

千畳敷は上伊那《かみいな》だ。燃えるように染まったカールを眺めたことだろう。

惣社の自宅に着いた。

「えっ、この家」

シマコはハンドルをにぎったまま窓をのぞいた。

沖島ハナの家は、かなり古そうだが木造二階建てで幾部屋もありそうな大きな家だ。「沖島」と太字の表札が出ている。玄関の庇《ひさし》には雪がのっていた。家の横には広いガレージがあるが、車は入っていなかった。

署にもどった道原は、交通課長の自宅が惣社であるのを思い出した。交通課をのぞくと北沢《きたざわ》課長は立ったまま電話で話していた。

課長の電話は二、三分で終わった。道原は北沢の前へ行って、惣社には沖島という家があるが知っているかときいた。

「私の家のすぐ近くだ」

「きょう、九十二歳の沖島ハナという人に、ちょっとしたことから事情を聴いたんだ。その人をさっき車で自宅へ送ったところ、その家の大きさにびっくりした」

「その家は、昔、旅館だったそうだ。沖島という人はそれを買い取って、自宅にしていた。沖島は、豊科《とよしな》で金属加工の会社を経営していたらしい。社員を住まわせるつもりだったんじゃないかな。……子どもを幾人も欲しかったんだろうが、娘は女の子を一人産んだだけだった」

「金属加工の会社はどうなったの」

「詳しいことは知らないが、人手に渡したらしい」

「会社を売ったのだろうか」

「社長は病気だったときいたことがあったから、多分そうだと思う。沖島ハナという人は、社長の奥さんだろうが、なにがあったの」

　道原は顔の前で手を振り、ハナの行為を話さなかった。

　ハナの夫は沖島忠繁という名だった。その人は安曇野市豊科で金属加工の会社を経営していたが、健康上の問題でもあったのか、会社を人手に渡したらしいという。どんな規模の会社だったのかは分からないが、その売買にはかなりの金額が動いたのではないか。ハナは夫から、一生困らないほどの資産を受け継いでいたことが考えられる。

　彼女はスーパーで食品を万引きしたが、生活に困窮していたからではないだろう。

　道原が帰宅すると、家族はテレビのニュースのほうを向いて箸を動かしていた。女性のアナウンサーが幾人かの高齢者を訪ねて、インタビューしている番組だ。アナウンサーの質問の趣旨を呑《の》み込《こ》んでいないのか、的はずれのことを答えている人がいて、妻の康代《やすよ》と高校生の比呂子《ひろこ》は吹き出している。

　アナウンサーも笑いながら、「いままで旅行して、どこが一番よかったですか」と、頭に一本の毛もない男性に質問した。

「松島《まつしま》と長崎の五島灘《ごとうなだ》」と答えたその人の住所は、福島県会津若松《あいづわかまつ》市だった。

「一番おいしいと思ったものは」ときくと、「富山で食べたすし」

「俳優やタレントに、好きな人はいますか」

男性は、お笑いタレントの名を挙げた。

「いま、食べたいと思っているものは」

「コンブの佃煮を包んだおにぎり」

道原は笑いかけた口をつぐんだ。

2

松本市の英進学園《えいしんがくえん》女子高校A組の生徒が、卒業して五年を経た三月、市内で同窓会を催した。卒業時のA組は四十二名だったが、集合したのは二十三名。同窓会開催通知や会場設定などは、赤木《あかぎ》すみれと沖島直絵が担当した。

いずれの高校も同じだろうが、卒業後は大学や専門学校へ進学した人もいるし、就職した人もいた。赤木すみれは服飾専門学校を卒業して、現在は市内の洋装店に勤めている。沖島直絵は、安曇野市の精密機械メーカーの高部《たかべ》精器に就職し、車で通勤している。

同窓会に出席した二十三名は話し合いをして、五月初旬に上高地《かみこうち》から、梓川《あずさがわ》沿いに明神《みょうじん》、徳沢《とくさわ》を経て横尾《よこお》まで遡《さかのぼ》り、横尾山荘に一泊して上高地へもどる旅を計画した。松本市内の高校に通っていながら上高地へ行ったことがない人が半数近くいることが分かったので、赤木すみれがその歩行遡行《そこう》会を提案し、賛成を得たのだった。

五月三日は晴天に恵まれた。「梓川遡行会」には十五名が参加するはずだったが、二名が健康不良と家事都合で参加できず、十三名が上高地・河童《かっ》橋《ぱばし》左岸前へ集合した。そのなかには赤木すみれと沖島直絵がいた。リーダーのすみれは全員の顔色を点検するような目をしてから、横尾山荘へ十三名が午後三時ごろに到着することを電話で伝えた。横尾山荘の収容能力は二百五十名だが、登山シーズンであることから、かなり混雑が予想されていた。

「直絵は、横尾山荘を利用したことがあるといったわね」

すみれが直絵にきいた。

「二回泊まったことがあるよ」

直絵の趣味のひとつは登山だ。蝶《ちょう》ヶ《が》岳《たけ》から常《じょう》念《ねん》岳《だけ》へ登ったときと、北《きた》穂《ほ》高岳《たかだけ》へ向かったときに泊まっている。

十三名のなかに登山を経験している人が四名いた。赤木すみれ、沖島直絵、小花《こばな》美歌《みか》、塩谷《しおたに》球子《たまこ》だ。

十三名が一列になって、キャンプ場の小梨《こなし》平《だいら》を過ぎた。五名が登山靴だがあとの人は白いスニーカーだった。徳沢に近づくと道の中心部が溝になり石がちらばっていた。

「石を蹴らないように」

すみれがスニーカーの人たちに注意をあたえた。すみれの登山靴は年季が入っているような色をしていた。彼女は小学生のときから父親に連れられて山に登っていると、最後尾の直絵に話した。

徳沢の草原に着いた。大の字になった者がいた。目の前にそびえ立っている山を仰いで、

「なんだか怖い」

といった者もいたし、山の名をすみれにきいた者もいた。

全員がにぎり飯やパンを食べ、水を飲んだ。

「横尾へは、あとどのぐらい」

長身だが痩せている沼田《ぬまた》椿《つばき》が直絵にきいた。

「一時間ちょっとだと思う」

直絵は答えて、脚が痛いのかときいた。

「少し……」

椿は明神岳を見上げて右足をさすった。

「高校のとき、椿はテニスをやってたじゃない」

「そうだったけど、就職してからは、一回もコートへ入っていないの」

「どうして」

「どういうわけなのか、わたしの家は災難つづきだったの」

椿は長い脚を屈伸させた。

「災難っていうと」

「父が交通事故に遭ったの。……会社からの帰りにトラックにはねられて、大怪我《けが》を負ったの。トラックの運転手は居眠りしてて、歩道に乗り上げたのよ。父は運悪く、そのトラックに衝突されて」

「重傷だったのね」

「そう。病院へ運ばれたけど、二日間、ものをいわなかった。……一か月近く入院していて、退院してからは毎日、杖を突いて歩く練習をして、二か月ぐらい会社を休んで、いまも杖を手放せないし、ときどき会社を休んでるのよ。五十前だというのに、老人みたい」

「まあ、お気の毒」

直絵が眉を寄せた。

「父が会社へ行き始めてからだけど、母のからだの具合が悪くなって」

椿は背中をまるくして胸に手をあてた。

「乳癌《にゅうがん》だったの。手術を受けて、片方を失った」

「お母さん、おいくつなの」

「四十八」

「器量よしの妹さんがいるわよね」

「ちょっと変わった子だけど」

「絵がうまい人なんでしょ」

「ときどき、気味の悪い絵を描いてるわよ」

椿は唇を尖《とが》らせた。

「気味の悪い絵って……」

「首のない猫とか」

直絵は身震いして胸を囲んだ。

十三名は、なにごともなく午後三時十分に横尾に着いた。

梓川が鳴っていた。風が冷たいといって、肩を縮めた者がいた。

横尾大橋を、大型ザックを背負った男が五人渡ってくると、川を向いて脚を投げ出した。穂高から下ってきたにちがいない。

十三名はすぐに山荘に入らず、川のほうを向き、垂直に天を突く岩壁を見上げた。

「寒いわ」

だれかがいった。その声をきいたからか、赤木すみれが先頭に立って横尾山荘へ入った。

それぞれが記帳して食堂へ入ると、ストーブが燃えていた。山荘の女性従業員が十三名の部屋割りをした。

「団体で泊まるの、修学旅行以来だわ」

だれかが階段を昇りながらいった。

直絵は窓辺に立つと山荘前の広場を見下ろした。キャンプをするらしい男たちが、テントを張っていた。風が冷たそうだったが窓を開けた。川音を風が運んできた。川岸に並んでいる小木が震えている。横尾大橋を、大型ザックを背負った男性三人が渡ってきて、あらためて川を見るようにすわり込んだ。何日間か山中にいたらしく、三人とも髭面《ひげづら》だった。

　同部屋になった直絵は、沼田椿と三村《みむら》春香《はるか》と一緒に蒲団《ふとん》を敷いて、それにもぐり込んだ。夕食には二時間あまりある。

　直絵は目を瞑《つぶ》ると、一緒に暮らしているハナの顔と姿が浮かんだ。ハナは九十二歳になっているが、一日おきぐらいに、散歩と称して出掛けていく。サクラが満開になった四月中旬のある日は、松本城へ花見に行ってきたと、夕飯のときに語った。独りでかときくと、「そうだよ」と答えた。自宅から松本城へは、直線で二キロぐらいはある。歩いて行ったのかときいたら、帰りはタクシーに乗ったといった。ハナは松本城が好きである。若いときから数えきれないほど何度も訪ねているといっている。去年もサクラの時季にお城へいき、そこで知り合いに会って、知り合いが持参した団子を馳走になったと語ったものだ。

　それからたびたび出掛ける先は、蟻《あり》ケ《が》崎《さき》台《だい》公園と城山《じょうやま》公園と浅間《あさま》温泉。なぜそこが好きかときいたことがある。二か所の公園の付近は、高級住宅街で、門構えの家が整然と並んでいる。それを見て歩くのが好きだといっている。浅間温泉を好むのは、北アルプスの眺望だという。松本市内には北アルプスの連山を望める場所がいくつもあるが、高台の浅間温泉からの眺めは格別だ。稜線《りょうせん》に雪が細く残っている季節の山なみは、絵にしたくなるように美麗である。

　ハナはときどき妙なことをする。直絵が一緒に歩いているとき気がついたが、お城の近くや、美術館の脇で、清らかな冷たい水の井戸を見つけると、柄杓《ひしゃく》に水をくんで一口飲むのだった。井戸を見つけるたびにそれをする。『高い山の雪が溶けて、何年も何か月もかかって、湧き出る水なの。わたしにはこの水はクスリなのよ』といったことがある。

　きょうはどうしているのか、どこかへ出掛けたのか、あとで電話を掛けてみようと思った。

　横尾山荘の今夜の宿泊者は百人ぐらいらしい。夕食は二班に分かれて摂《と》ることになった。

　直絵と椿と春香の食事は後の組になった。山を下ってきた人たちは疲れているからか、ほとんど会話をせず、食事を終えると部屋へもどった。いつまでも椅子を立たないのは、酒を飲んでいる数人だ。

　直絵と春香は、ストーブの近くの椅子にすわった。が、椿がやってこなかった。さっき寝室で蒲団から起き上がったとき、ドアの近くに寝ていたはずの椿の姿がなかった。先に食堂へ行ったのだろうと思い、べつに気にもとめなかった。

「椿は、どうしたのかしら」

　直絵が春香にいった。

「さっき、起きたとき、いなかったわね」

　春香は、次つぎにテーブルに近づいてくる人たちを見まわした。

　直絵と春香は食事をはじめた。

　椿の席にもご飯と味噌汁とおかずが配られているが、彼女はやってこなかった。

　直絵は食べ終えると、隣のテーブルで箸を動かしているリーダーの赤木すみれに声を掛けた。

「ヘンね」

すみれは、椿がすわるはずの席へ首をまわした。
食事をすませた人たちは、さっさと部屋へもどった。椿の席にだけ、ご飯と味噌汁《みそしる》とおかずが置かれている。それを見た山荘の従業員たちも首をかしげた。

春香は自分たちが仮眠した部屋をあらためて見にいった。が、すぐにもどってきて首を横に振った。

「靴」

すみれが玄関を向いた。椿は赤いラインのはいっている白のスニーカーだったのを直絵は思い出した。靴入れを入念にしらべた。スニーカーは何足もあったが、赤いラインの靴は見つからなかった。

「ザック」

すみれがまた短くいった。直絵と春香は自分たちがザックを置いてひと眠りした部屋へもどった。蒲団の横へ置かれていた椿のオレンジ色のザックは消えていた。

すみれと直絵と春香は、顔を見合わせた。沼田椿は、ザックを背負って、赤いラインの入ったスニーカーを履いて、山荘を出ていったことが明らかになった。そっと抜け出したというほうがあたっている。

すみれは、スマホを取り出すと電話を掛けた。リーダーの彼女は、今回の溯行会に参加した全員の電話番号を入力しているのだった。

「通じない。電源が切られている」

「なぜ」

直絵は窓の外の暗い空間に目を向けた。かすかに川音が風にのってくる。川岸の近くにはいくつかのテントが張られ、淡い灯《あか》りが洩《も》れていた。

すみれは全員を玄関前の廊下へ集めた。何人かは寒さからか胸を囲んでいる。

「沼田椿がいなくなった」

すみれは十一人の顔を見ながら、男のような声でいった。

「いなくなったって、どういうこと」

小花美歌がきいた。彼女の髪は金髪に近い。

「ザックを背負って、靴を履いて、無断で出ていったということ」

「どうして。夜なのに」

「どうしてだか分からない。彼女の身になにかが起こったのかも」

「電話がきたんじゃないかしら」

美歌は金色に近い長めの髪に手をやった。

「そうかも。だけど、わたしたちに黙って出ていくなんて」

リーダーのすみれは唇を噛《か》んだ。

「わたしたちに、いえない出来事が起こったんじゃないかしら」

「そうとしか思えない」

すみれはそういうと、スマホを検索した。

「あった」

と、つぶやいた。椿の自宅の電話番号をさがしたのだった。

電話には母親が応えたようだ。

すみれは名乗ると、横尾山荘にいるのだが、と前置きして、椿が無断でいなくなったことを話した。相手は驚いているようだ。

「団体行動なのに、だれにも告げずに。……お母さんには心あたりがありますか」

母親には、心あたりなど「ない」といわれたようだ。

「それでは、お母さんのほうから、警察に連絡してください。わたしは今晩は起きていますので、警察が動いてくれそうかどうかを、連絡してください」

すみれはまるで、椿の母親を叱っているようないいかたをした。

夜は一段と冷えてきた。風の加減か川音がいっそう高くきこえた。

3

五月三日、午後六時十五分、松本署は、市内城山の沼田淳《じゅん》子《こ》という女性から深刻な電話を受けた。

娘の沼田椿は、高校時代の同級生が集まった、梓川溯行会に参加して、上高地から横尾へ着いた。夕食までに二時間あまりあったので、仮眠をとった。三人が同じ部屋で寝ていて、目を醒《さ》ますと椿だけが部屋にいなかった。椿は部屋に置いたザックを背負って、二人に黙って山荘を出ていったもよう。どういうつもりで単独行動をとったのかは不明。夜間に上高地へ下っていることも考えられる。

「どうしたらいいのでしょうか」

沼田淳子は泣きそうな声で訴えた。

電話を受けた署員は首をひねると、刑事課へつないで、女性の訴えを話した。きょうは祝日だったので、刑事課には課長と刑事の道原伝吉と吉村《よしむら》夕輔《ゆうすけ》がいるだけだった。

道原が電話に応じた。

「なにか重要なことでも思い付いたのでしょうか」

道原は淳子にきいた。

「娘は、特別な事情を抱えているような子ではありません」

母親は居たたまれないといっていた。

道原は、首をひねったが最善の策を考えるといって、いったん電話を切った。

思い付いたのは山岳遭難救助隊に連絡してみることだった。救助隊は安曇野署を本部にしているが、上高地交番横に現場宿舎を設けている。北アルプス南部での遭難事故に対応していて、常に六、七名がいるはずである。

道原は、課長に淳子からの訴えを短く伝えると、山岳救助隊に電話した。副隊長の伏見《ふしみ》が応じた。

「夜間に、横尾山荘を抜け出した……」

伏見がつぶやいた。

「沼田椿という名で、二十三歳。身長一六〇センチで、痩せているそうだ」

「山荘を出た時刻は分かっていますか」

「三人が同じ部屋で寝ていたが、二人は眠っていた。二人が目を醒ましたら、椿がいなかった。部屋に置いたザックがないし、靴もないところから、外へ出たことが分かった。なにか重要なことを思い付いたので、急いで帰ることにしたんじゃないだろうか。団体行動を無視。リーダーやほかの人にいえない事情でもあったのかも」

「椿という女性は、上高地と横尾の間を歩いた経験がありそうですか」

「いや、今回が初めてということだ」

登山路は梓川をはさんで左岸にも右岸にもあるが、たいていの人は左岸の道を登り下りしている。

伏見は、左岸の道を隊員とともに遡ることにするといった。街灯はない。一〇メートル先はなにも見えない真っ暗な未舗装の道に石ころが露出していて、雨が掘った溝がいたるところにある幅二、三メートルの道である。

伏見と四名の隊員は、ライトを付けたヘルメットをかぶって、満天の星を仰ぎながら明神、徳沢を経て梓川左岸を辿《たど》っているにちがいない。沼田椿という女性は救助隊のライトを見て、森林のなかへでも身を隠すかもしれなかった。

道原が上高地の救助隊に電話を入れた一時間十分後、

「ただいま明神に着きましたが、誰にも会いませんでした」

と、伏見が、署で待機している道原に電話をよこした。伏見たちは明神館《みようじんかん》を右目に入れてから先へ進むだろう。

そこから先はまた闇のなかを進むことになる。しばらく梓川の流れの音がきこえなくなり、やがて徳澤園《とくさわえん》の灯りを目に入れる。

明神から約五十分後、

「徳沢に着いたが、だれにも会わなかった」

と、伏見は電話をよこした。

その辺からはところどころで川音をきく。奥上高地自然探勝道という名が付いている。徳澤園には立ち寄って、夜間になって泊まりに入った女性はいないかときいたが、そういう人はいなかった。

横尾までは梓川が左耳に鳴っていた。救助隊が横尾山荘に着いたのは午後九時四十分。山荘の外壁にはいくつかの灯りが点《つ》いているが、館内は寝静まっていた。受付のある事務室のテーブルに顔を伏せている男性がいた。夜間に宿泊者の一人が無断外出したきりもどらないので、なんらかの知らせがあるのではと不寝番をしている人だった。

男たちの足音をきいて、不寝番は顔を起こした。

伏見が救助隊員だと名乗り、無断外出した女性はもどってきたかきいた。

「いいえ」

陽《ひ》焼け顔の男は首を振ってから、古屋《ふるや》だと名乗った。

わりに上背のある白いセーターの女性が事務室へ入ってきた。彼女は、「赤木すみれと申します。今回の溯行会のリーダーです」といって、頭を下げた。彼女は、無断外出者を出した責任を感じてか、蒼白《あおじろ》い顔の表情は暗かった。

伏見は、上高地から沿道を注意して歩いてきたが、だれにも会わなかった、とすみれにいった。

「ご迷惑をおかけしました。ご苦労さまでした」

すみれは、また頭を下げた。

「私たちは、ここで仮眠をさせてもらいますが、赤木さんはお寝《やす》みください。夜が明けると、なにかが分かると思います」

伏見がいった。

すみれは、丁寧な頭の下げかたをして退《さ》がった。

五人の救助隊員は、ザックの上にのせていた寝袋を床に広げると、すぐそれにもぐった。


何事も起こらず夜が明けた。川音に鳥の声がまじっていた。避難小屋の近くに大小のテントが五つ張られていた。ひとつのテントからは男が出入りしていた。どうやら朝食の準備をしているらしかった。

山荘から出てきた五、六人の男女が、川を向いて手足を伸ばしている。地面に手をついて腕立て伏せをはじめた男がいた。カメラを手にして川岸を歩いている男もいる。きょうも好天だ。

救助隊員の五人は、山荘での朝食に招かれた。隣のテーブルには女性たちが並んだ。赤木すみれをリーダーにした十二名だった。彼女らは無言で箸を動かしていた。無断で山荘を抜け出した沼田椿の行方を気にかけているようだった。

「皆さんは、これからどこかへ登るのですか」

伏見が赤木すみれのほうを向いてきいた。

「予定では、屏風岩《びょうぶいわ》を下から見上げてから、上高地へ下ることにしていましたけど、それを変更して、椿をさがしながら帰ることにします」

伏見はうなずき、「気をつけて」といった。

すみれのスマホが鳴った。彼女は二言三言いうと椅子を立ち、壁ぎわで話していた。

電話は椿の母親からだったという。家族も椿の行方を気にして、よく眠れなかったのだろう。

「椿のお母さんには、ゆうべも電話をしました。彼女が黙ってここを出ていったことについては、心あたりなどはないということでした」

すみれが伏見にいった。

朝食をすませた救助隊員は、ザックを足元へ置いて手足を伸ばした。

伏見が山小屋のほうを指さした。きのうは小屋の前にテントが五張り並んでいたが、四つは消えて薄緑色のテントだけがぽつんと残っている。

「陽が昇ったのに、寝坊がいるんだな」

救助隊員の一人がいった。

「からだの具合がよくない人かも」

伏見がテントに近寄って、声を掛けた。山中で体調をくずした人の処置も救助隊の仕事である。

返事がないので、伏見は声を高くして再度呼んだ。内部はまるで無人のようで返事がない。

伏見は首をかしげて、外側のファスナーをそっと下ろすと首を突っ込んだ。

「へんだ。おかしい」

彼は叫ぶようにいうと、這《は》って中へ入った。

寝袋に人が寝ているが返事をしないし、身動きもしない。寝袋のファスナーは顔まで引き上げられている。伏見は、ファスナーをそっと下ろした。二〇センチばかり開けると、

「死んでいる」

といって、後ろの隊員を振り向いた。寝袋のファスナーを閉めると、外へ這い出して、松本署へ電話を入れた。検視を要請した。

「死んでいる。病気でしょうか」

隊員の一人が伏見にいった。

「寝袋のファスナーを頭まで引き上げている。発病した人はそんなことをしないと思う」

「というと……」

五名の隊員は顔を見合わせた。

「亡くなっているのは男性。単独行だったのだろうか」

伏見がいった。

「何歳ぐらいの人ですか」

隊員の一人がきいたが、伏見は、分からないというふうに首を振った。


検視官を乗せた松本署の車が横尾山荘前に着いたのは午前十時少し過ぎだった。グレーのワゴン車だが、ドアにいくつかのへこみがあった。

五十歳近い検視官は、テントのファスナーを下ろすと中へ入った。寝袋のファスナーを下ろすと死者の顔に向かって合掌した。ファスナーを下まで下ろした。

「あっ、これは、これは」

驚きの声を出した。胸部から腹部が血に染まっていたからだ。

「自殺でしょうか」

隊員の一人がテントの中へ顔を突っ込んでいった。

「いや……」

手袋をはめた検視官は、格子縞《こうしじま》のセーターを着ている男性の遺体に顔を近づけ、「刺されたらしい」といった。

「他殺……」

隊員たちは顔を見合わせた。

「間違いない。何者かに刺されたんです」

検視官は断言した。寝ているところを刃物で刺されたにちがいない、と、遺体をにらむように見ていった。遺体の頭の横には光ったスキットルが転がっていた。

遺体はテントから出され、担架で車に運ばれた。伏見も、検視官も、車を運転してきた警官も、前《まえ》穂高岳《ほたかだけ》の鉄錆色《てつさびいろ》の岩壁を向いて、それぞれの関係先へ電話を掛けた。

車の中では救助隊員が、遺体の着衣のポケットをさぐり、保険証と名刺を取り出した。

氏名は戸倉正一郎《とくらしょういちろう》、三十四歳。住所は松本市島内《しまうち》。名刺入れには同じ名刺が三枚入っていたことから勤務先にちがいなかった。その勤務先は松本市内の森林事務所。

伏見が森林事務所へ電話した。が、きょうは休日のためか応答する人はいなかった。そこで松本警察署へ電話して、戸倉正一郎の自宅への連絡を頼んだ。

横尾山荘に宿泊した人たちは、穂高か槍《やり》か、あるいは蝶《ちょう》へ向かって出発したため、取り残されたのは梓川溯行会の十二名だけだった。彼女らは、山荘の前や川岸から、事件現場となったテントを暗い顔をして眺めていた。

　山荘から丸い顔の小柄な男が出てくると、伏見に向かってちょこんと頭を下げた。

「調理場から、出刃包丁が一丁失くなっています」

　と告げた。

　伏見はうなずくと、出刃包丁の形状をきいて、男のいったことを検視官に伝えた。検視官は、大学で遺体を検査して、凶器を特定するといった。凶器の刃物はテント内からは見つからなかった。加害者は凶器を川にでも投げ捨てたのではないか。

　山荘の上空へヘリコプターがやってきた。広場へロープが下ろされた。寝袋に入ったままの遺体は、ヘリへ吊《つ》り上げられた。

　風が出てきた。蒼《あお》い空を白い雲が東へ流れていく。山荘の屋根にとまっていた烏《からす》が二羽、風に乗るように飛び去った。

　上高地から登山装備の二組がやってきた。山荘の前に止まっている車や救助隊員を見て、なにがあったのかという顔をした。彼らはこれから三時間ほどかけて涸沢《からさわ》へ登るらしく、横尾大橋を渡っていった。橋の下の清流は狂ったように飛沫《しぶき》を散らしている。

4

　五月四日の午後三時過ぎ、道原と吉村は上高地の小梨平に着いた。十分と経たないうちに、救助隊員とともに下ってきた溯行会の十二名に会った。わりに体格のいい赤木すみれが一行の前へ出て、リーダーだと自己紹介した。道原は救助隊の伏見らに、「ご苦労さま」と声を掛けた。

道原は一行を草の上にすわらせた。すみれはいったん正座したが足に痛さを感じてか、膝をくずした。右手は脚を揉《も》んでいた。足を前へ投げ出しているメンバーもいる。

メンバーの十二名は、高校で同じクラスの生徒だったときいていた。

道原は、昨夜から行方不明になっている沼田椿とは親しかったのかと、すみれにきいた。

「椿と親しかったのは、沖島直絵です」

すみれはそういうと、後ろのほうにすわっていた直絵を手招きした。

直絵は陽に焼けたのか少し赤い顔をしていた。彼女は左右の胸にポケットのある赤と黒のチェックのシャツを着て、タオルのハンカチをつかんでいた。登山経験があるのか、履いているブーツには疵《きず》がついている。

「あなたは、三村春香さんと沼田椿さんの三人で、同じ部屋で寝《やす》んでいたそうですが、眠る前に椿さんからなにかいわれましたか」

道原が、目鼻立ちのはっきりした直絵にきいた。

彼女は、すわり直すように足を動かすと、

「徳沢で休んだとき、椿は脚が少し痛いといっていたのを思い出して、足はどうなのとききました。すると椿は、大丈夫といって、わたしより先に蒲団をかぶるようにして横になりました。それからはなにもいいませんでした。……ひと眠りして目を醒ますと、椿は寝ていませんでした。蒲団は敷いたままでした」

椿は部屋の出入口近くに寝ていて、三村春香が一番奥に寝ていたのだという。

　椿は食堂へ行ったのだろうと、目を醒ました直絵は想像したらしいが、椿は部屋へもどってこなかった。

　直絵は、椿が使った蒲団をたたんで、春香と一緒に食堂へいったが、そこにも椿の姿はなかった。全員が食事を終えた。が、椿は食堂へあらわれなかった。

「椿は、どうしたのかしら」と直絵がつぶやくと、全員が顔を見合わせた――

「考えられることは……」

　道原が直絵にきいた。

「考えられることなんて、ありません」

　直絵は頭に手をやった。

「みなさんは知っていることでしょうが、横尾山荘のすぐ前で単身用のテントを張って寝ていた男の人が、テント内で殺されていた。間もなくその遺体の解剖結果が出ます。死亡した時刻も分かるはずです」

　そういうと道原は立ち上がった。「気をつけてお帰りください」といって、伏見らの救助隊員とともに救助隊の詰所へ向かった。


　若い救助隊員が、道原と吉村の前へ湯気の立ちのぼるコーヒーを置いたところへ、松本署の三船課長から道原に電話があった。

「おロクさんを収容した大学で、戸倉待子《まちこ》さんと池上温子《いけがみあつこ》さんが、戸倉正一郎さんだと確認した。待子さんは正一郎さんの母、温子さんは姉だ。……それから死亡推定時刻は、三日の午後四時から五時。腹部を刺されたのは確かで、刺切創の幅は五〇ミリ。そのことから凶器は出刃包丁らしい。出刃包丁の刃は上向き。死因は出血。ショック死ということも考えられる。たぶん熟睡していたところを刺されたんだろうな」

松本署は、戸倉正一郎が寝ていたテントを回収している。それを署の庭に張り直して、内部を検《しら》べる。加害者の痕跡を拾うことができるかもしれない。

「凶器は出刃包丁らしいか」

吉村がいった。横尾山荘の調理場から一丁の出刃包丁が消えている。戸倉正一郎の腹部を刺した加害者は、山荘の調理場へ忍び込んで包丁を盗み、それで山荘近くのテントで寝入っていた戸倉を刺して殺したのだろう。加害者にとって、それは計画的だったのか。

道原と吉村は、上高地から下ると、松本市内の沼田家を訪ねた。そこは放光寺《ほうこうじ》という寺の後ろ側だった。その家はごく一般的な二階屋で、一階にも二階にも灯りが点いていた。食事中かもしれなかったが、道原が声を掛けた。

すぐに玄関へ出てきたのは椿の母の淳子だった。痩せぎすの彼女は手を揉むようにして、

「ご苦労さまです」

といい、つづけて、

「椿のことでは、ご迷惑をお掛けして、申し訳ありません」

といって、何度も頭を下げた。

椿の父親の増穂《ますほ》が二階から降りてきて、

「どうぞ、お上がりください」

といった。丸顔の増穂は背が高かった。道原と吉村は増穂の背中を見て廊下を歩いたが、片方の

足を引きずるような歩き方に気がついた。もとからなのか、それとも怪我か病気でもしたせいなのか。

増穂は六畳ぐらいの広さの部屋へ招いた。古い造りの家らしく床の間があって、そこに高さが三〇センチほどの青い壺《つぼ》が立っていた。

増穂に家族をきくと、妻の淳子と長女の椿と次女の綾乃《あやの》だといった。綾乃は大学在学中だという。

「椿さんから連絡はありましたか」

道原がきいた。

増穂も、お茶を持ってきた淳子も首を横に振った。

道原は、溯行会のリーダーとメンバーからきいたきのうの椿のようすを話した。椿の両親は俯《うつむ》き加減で刑事の話を黙ってきいていた。

「椿さんは、きのうの午後四時から五時のあいだに、横尾山荘を出たもようですが、どこへ向かったのか見当がつきますか」

道原がきくと、夫婦は顔を見合わせた。細面《ほそおもて》の淳子は、首を左右にかたむけた。

道原は、話しながら二人の表情を窺《うかが》っていたが、椿の行き先の見当はついていないようだった。それと、団体行動なのになぜ勝手な行動をしたのかについても分からないようだ。

道原は、夫婦の表情をあらためて見てから、

「昨夜、横尾では、重大事件が起きていました」

事件は、けさになり判明したと話した。

「その事件は、すでにテレビで報道されたと思いますが、ご覧になりましたか」

「いいえ」

二人は同時に首を振った。

「松本市内の三十四歳の男性が、小さなテントの

中で、腹を刃物で刺されて亡くなっていました。その人の氏名も勤務先も分かっています」

夫婦は、また顔を見合わせた。刑事は、椿の失踪と事件との関連をにらんでいるのではと、肚《はら》のなかでいい合っているようだ。

道原は、ポケットから取り出したノートを見ていたが、

「戸倉正一郎という人を、ご存じでしょうか」

ときいた。

「知りません」

夫婦は同時に答えた。

夫婦は、それはどういう人かとか、椿の行方不明と関係がありそうなのかなどときかなかった。だが二人は目を伏せて、身を硬くしているのが分かった。刑事に、「事件」を詳しくきくのが怖いようである。

「ただいま」という声が、玄関のほうからきこえた。綾乃が帰宅したようだ。声のしたほうへ淳子が出ていった。

道原は綾乃に向かって、

「戸倉正一郎さんを知っていますか」

ときいた。

「知りません」

「県の森林事務所の職員のようです」

「いいえ。お名前もきいたことはなかったと思います」

綾乃は答えてから、

「姉はどこへ行ったのか、分かったのですか」

と、目に涙をためてきいた。

「分かりません。横尾山荘からいなくなったままです」

道原が答えると、彼女は長い指の手で頰《ほお》をはさ

んだ。

「椿さんから電話でもあったら、どこにいるのかをきいてください。どこにいるのかを答えたら、すぐに署へ知らせて」

　道原と吉村は三人にそういって膝を立てた。


　沼田家を出ると車首を西に向け、島内《しまうち》の戸倉家をさがした。歩いている人や、自転車の人にきいてその家が分かった。古そうな平屋の家はリンゴ園にはさまれていた。車を降りると犬が吠《ほ》えた。家の前には乗用車が二台止まっていて、屋内からの灯りが庭を照らしていた。ガラス戸を開けて声を掛けると、三十代半ばぐらいの丸い顔をした女性が出てきた。その人は台所にでも立っていたのか前掛けをして、タオルを手にしていた。

　玄関のたたきには靴が何足も並んでいる。来客が何人かいるらしい。

　玄関へ出てきた女性は、正一郎の姉の池上温子だった。彼女の住所は市内蟻ケ崎だが、一大事をきいてこの実家へやってきているのだった。

　大学で解剖検査のすんだ正一郎の遺体は還っているという。来客は、親戚や正一郎の同僚や知友たちにちがいない。

　道原と吉村は、奥の部屋へ招かれた。正一郎は棺《ひつぎ》に眠っていた。棺の前の小さな卓袱台《ちゃぶだい》の上で線香の煙が揺れている。正一郎の母の待子の髪は、掻《か》きまわしたように乱れていた。その彼女に、道原は丁寧に悔みを述べ焼香した。道原と吉村の背後に、十代の男女が正座していた。温子の子どもだという。

　正一郎と親しかった人がいるかを待子にきくと、隣室にいた一人を呼んだ。その男は正一郎の勤務先の同僚で、川瀬《かわせ》誠《まこと》だと名乗った。太った顔にレンズの厚いメガネを掛けている。正一郎の死因を知ったからか、彼は二人の刑事に震える声で挨拶した。戸倉正一郎とはどんな人だったかを道原が川瀬にきいた。

「山登りが大好きでした。初登山は中学のときだったようです。近所に山好きがいて、その人に連れられて夏休みに穂高へ登ったそうです。その日は天候に恵まれたからでしょうが、病みつきになって、高校生のとき何度か単独で登ったこともあるといっていました。……彼は高校を卒業して五年間ぐらい、県の河川管理所とかいうところの職員をしていて、その後、県の森林事務所へ移ったということでした。四季を問わず、松本市と周辺の森林を点検する仕事です。山登りが好きだったので、戸倉にはその仕事は性に合っていたようです」

「趣味は、登山だけですか」

「登山以外の趣味といったら……」

　川瀬は首をかしげたが、

「ときどきギターを弾いていました。音楽のグループなどには入らず、独りで……」

　川瀬は、縁側でギターを弾いている戸倉の姿を思い出したのか、メガネをはずしてハンカチを目にあてた。

「音楽教室で習ったわけではなく、ギターを買って、弾き方は本を見て覚えたんです。だれもが知っているような曲を弾いていました」

「戸倉さんは三十四歳でしたが、結婚は」

　道原は、メガネの縁に手をやった川瀬にきいた。

「二十八、九のとき、市内の菓子メーカーに勤めていた女性と結婚しました。ところが二年半くらいして、離婚しました。子どもはいません。なぜ別れることになったのか、私は彼にききましたが、性格の不一致というだけで、詳しいことはいいませんでした」

「結婚した女性の名や住所を憶えていますか」

川瀬は思い出そうとしてか目を瞑《つむ》っていたが、憶えていないと答え、温子を呼んだ。

手を拭きながら座敷へすわった温子に川瀬が、正一郎と結婚していた人の名を憶えているかきいた。

「柴沢陽子《しばさわようこ》さんです。結婚するまで、松本市内の菓子メーカーに勤めていましたけど、いまは……」

交流がないのか、消息は分からないようだ。

柴沢陽子の実家は市内新村《にいむら》で、農家だったという。

「正一郎さんと陽子さんは、結婚後二年半ぐらいで離婚されたようですが、その原因を知っていますか」

道原が温子にきいた。

「よく分かりません。弟が離婚するといったとき、わたしはびっくりして、なぜなのかをききました。そのときのことを憶えていますけど、弟は、陽子とは気が合わない。冷たい人なんだといいました。『冷たい人』といったその一言だけは憶えています」

「温子さんは、陽子さんとは何度も会っていたでしょ」

「はい。何度も」

「それなら、正一郎さんが口にしたわけが分かったのではありませんか」

「分かりませんでした。『冷たい』という意味も理解できませんでした。夫婦のあいだのことなので、わたしは弟に突っ込んできくことができませんでした。……もしかしたら正一郎のほうに離婚の原因があったのかもしれません。正一郎は無口ですし、女性から見たら温かみを感じられないし退屈な男だったでしょう。そのせいか、友だちといえるのは一人か二人でした」

　そういった温子は部屋の出入口近くにいる川瀬のほうを向いた。

　川瀬は正一郎の人柄を知っていたからか、温子の顔にうなずいた。

「正一郎さんは、お母さんと二人暮らしだったんですね」

　道原は温子にきいた。

「父は病気で、五十八歳で亡くなりました。父も口数の少ない人で、本ばかり読んでいました。母が声を掛けても返事をしないときもありました」

　温子はからだの向きを変えた。涙をためた目を棺のほうへ向け、唇を噛んだ。

第二章　密告

1

戸倉正一郎と二年半ほど結婚していた柴沢陽子の勤務先が分かった。彼女は正一郎と離婚すると新村の実家へはもどらず、南原《みなみはら》のアパートに住んで、松本金属工業団地のマルマツ通信という電子部品メーカーに勤務していることが分かった。三十三歳だ。

　道原と吉村は、奈良《なら》井《い》川《がわ》の流れを見ながら会社の終業時間を待った。彼女とは終業後に会う約束を電話でしていた。

　細面の彼女の身長は一六〇センチあまりで、中肉というからだつきだ。髪を茶色に染め、眉を細く描いて、ベージュ色の地にグリーンの縞の通ったシャツを着ていた。

　落ち着いて話をきける場所はないかときくと、

「川を渡ったところに、カフェがあります」

と、歯切れのいい喋《しゃべ》り方をした。

　カフェはわりに広いが、客は二組しか入っていなかった。

　道原たちは壁ぎわの席を選んだ。

　道原と吉村はコーヒーを頼んだが、柴沢陽子は紅茶だった。なぜか、紅茶にだけは小さなケーキが付いた。

　道原は、白くて長い指で紅茶カップを持った彼女を観察した。

当然だが彼女は、戸倉正一郎が横尾で殺されたことを知っていた。

「いきなりですが、正一郎さんと離婚なさった原因はなんでしたか」

彼女は、刑事の質問を予期していたらしく、顎《あご》を引くと、話しはじめた。

「結婚して二年ぐらい経ったころですが、外でお酒を飲んで帰ってくるようになりました。結婚する前からお酒が好きなことは知っていましたけど、外で飲んでくるのは、めったにないことでした」

「飲んでくるのは、たびたびですか」

「初めは週のうち二回ぐらいでしたけど、二か月ぐらい経ったころから、毎晩、酔って帰ってきました。……夕飯も食べず、お風呂にも入らず、すぐに寝床に入ってしまうんです。お酒のせいでぐっすり眠れるらしくて、朝は決まった時間に起きて、朝食を食べて出勤していました。お母さんも、彼の変わりように首をかしげていました」

「休日は」

道原がきいた。

「平日より一時間ばかり遅く起きて、先《ま》ず新聞を読んでいました。……彼を疑うようになりました。好きな人でもいる店へ、毎晩、寄ってくるんじゃないかと」

「休日に出掛けることがありましたか」

「いいえ。一日中、家のなかでごろごろしていたり、ギターを弾いたりしていました。買い物に一緒にいこうと誘っても、腰を上げず、お母さんと一緒にいってこいといっていました」

「平日は、どんな店で飲むのかをききましたか」

「ききましたら、小さな店、といっただけでした。食事をしてくるらしいので、小料理屋さんではないかって想像していました」

「自宅で夕飯を食べるのは、休日だけなのですね」

「そうでした。わたしのつくる料理がおいしくないのか、黙って、テレビを観《み》ながら」

「晩酌はしなかったんですね」

「しませんでした。家で飲んでもおいしくないっていわれているようで」

　彼女はわずかに口をゆがめた。

「どういう店か分かりませんが、毎日飲むとその料金はかなりの金額になっていたはずです。正一郎さんは、給料日にでも、まとめて払っていたのでしょうか」

「そうかもしれません。わたしは彼の給料の額を知りませんでしたし、預金がどのぐらいあるのかも知りませんでした」

「あなたは、給料はどうしていましたか」

「銀行に振り込まれるので。そのなかから毎月、いくらかを義母《はは》に渡したり、小遣いに使ったり……」

「正一郎さんは、生活費を、お母さんに渡していたのでしょうか」

「そうでした。毎月、決まった金額を……」

　陽子は口をつぐむと下を向いた。

「あなたは、正一郎さんが飲食していた店を、突き止めていたのではありませんか」

　道原は彼女の茶色の髪の頭をにらんだ。

　彼女はうなずいた。夫の正一郎がどういう店で飲食しているのかをどうしても知りたくなり、勤め先を早退して、正一郎の勤務先の近くで張り込み、帰りをそっと尾《つ》けた。勤務先を出た彼は五、六分歩くとタクシーに乗った。彼女は街角に取り残された。翌週は、彼女がタクシーに乗って、彼が職場を出てくるのを待った。その日も彼は五、六分歩くと、走ってきたタクシーをつかまえた。降りた先は、渚《なぎさ》の交差点近くで、一〇〇メートルほど歩くと、紫色のライトを点けている「月《つき》の実《み》」という割烹《かっぽう》料理店の暖簾《のれん》をくぐった。出入口の両側に格子戸をはめた、落着きと高級感のある造りの店だった。

陽子は一時間ばかりその店の出入口をにらんでいた。男と女が手をつなぐようにして出てくると、タクシーを拾った。そのあと男女が二組店へ入った。正一郎はだれかと飲み食いしているような気がしたが、陽子は店内へ入ることはできなかった。

正一郎が酒に酔って帰宅するようになって二か月あまり経ったある夜。「話したいことがあるの」と陽子がいうと、彼は、「あしたにしてくれ」といった。次の日の晩、彼女が同じことをいうと、「うるさい」といって、二階へ上がっていった。

「わたし、うるさいっていわれました」

陽子は涙を拭いながら義母に訴えた。

「正一郎は、仕事で疲れているのよ。話は休みの日にしなさい」

義母は正一郎の肩を持っているように感じられた。

陽子は正一郎の夜の行動をもう一度確かめることにして、夕方、勤務先を出てきた彼の後を尾けた。彼がタクシーを降りたところは、渚の月の実の前だった。彼はそこで食事をして、午後十時に店を出るとタクシーに乗って帰宅した。彼は、毎週五日、夕方、勤務先を出ると月の実の暖簾をくぐり、三、四時間飲み食いし、酔っての帰宅を行事のようにつづけていた。土曜と日曜は、縁側の椅子にすわって外をぼんやり眺めていたり、ギターを弾いたりしていた。連休は山へ登った。一度だけ陽子を誘って、乗鞍岳《のりくらだけ》へ登った。山小屋へ一泊したが、彼女は疲労がはげしく、二度と山には登らないことにした。

　陽子は、正一郎の姉である池上温子を訪ねて、彼が毎晩、酒に酔って帰宅することを話した。

「どういう店で飲んでいるのかしら」といったので、渚の月の実という店だといった。すると温子は、「その店へは一度いったことがあるわ。おいしい物を出す高級店よ」といった。

　正一郎が、週のうち五日、高級店で飲み食いしているのを温子は知って驚いた。

「お金がよくつづくわね」

　ともいった。

　温子は休日、正一郎に会いにやってきた。

「あんたは毎晩、お酒を飲んで、酔っぱらって帰ってくるらしいじゃない。どうして自分の家で家族と一緒に食事をしないの」

　二歳上の姉は正一郎をにらみつけた。

「飲みたいからだよ」

「家で飲めばいいじゃない」

「料理屋で飲むほうが、旨《うま》いからだよ」

「それは商売だから、おいしい肴《さかな》を出すに決まっているけど、家ではお母さんと陽子さんが、一緒にご飯を食べるのを待っているのよ。……あんたは月の実で飲んだり食べたりしているらしいけど、だれかと一緒なの」

「独りだよ」

「毎日……」

「毎日、独りだよ」

「月の実は、高級な店なのよ。行くたびに二万か三万はかかるんじゃないの。あんたの給料じゃ払いきれないと思う。そんなお金、どこにあるの」

　温子はぽんとテーブルを叩《たた》いた。

「安くしてもらってるんだよ」

「安くって、千円や二千円じゃないでしょ。毎度毎度払ってるの」

「ちゃんと払ってるよ。そんなこと、姉さんが心配することじゃない」

「給料で生活《くらし》を立てている者が、毎晩、高級店で飲んだり食べたりしている。そのことが、警察に知れたら、なにかやったんじゃないかって怪しまれるよ」

　正一郎は横を向いて、温子がなにをきいても答えなかった。彼女は見込みがないといって帰宅したが、陽子に電話を掛けてよこし、

「正一郎はなにかで、まとまったお金を手にしたにちがいない。それは世間に知られては困ることじゃないかしら」

　と、あらためていった。

　正一郎の放蕩《ほうとう》は半年ばかりつづいていたが、毎晩ではなくなった。一日おきか週に二回ぐらいになった。それは軍資金が足りなくなったのではなくて、体調の変化のようだった。彼はからだが丈夫だったからか、それまで風邪をひいたとか、頭痛がするなどといったことがなかった。

　陽子は彼の変化を黙って観察していた。夕飯を一緒に摂る日があったが、以前より食欲がなかった。連日、月の実で美食をしていたので、自宅の惣菜《そうざい》が旨くないのではないかと、陽子は義母の待子に話していた。

　ほぼ一か月、自宅で夕食を摂る日が多かったが、体調が好転してか、週のうち三日は外で飲み食い

して酔って帰り、風呂にも入らず寝てしまう日がつづいていた。

陽子は、かねて胸にしまっていたことを、待子と正一郎に向かって口にした。

「わたし、おひまをいただきます」

「えっ、どういうこと」

待子が目を丸くした。

「正一郎さんの妻でいると、いまに取り返しのつかないことが起こりそうなんです。地味な仕事をしている勤め人が、しょっちゅう外で食事をしてくる。そのことがわたしには不安で、不安でなりません。なぜ外で食事ができるのかをきいても、あなたは答えてくれない。……わたしは怖いのです。息をしているのが苦しくて、もう我慢ができませんので、あしたここを出ていきます」

正一郎は濁った目で陽子を見ているだけで、なにもいわなかった。こういう日がくるのを予想していたようにも受け取れた。

待子は両手で顔をおおうと、声を出して泣き、床に手をつき、這うようにして、何度も「ご免なさい」を繰り返した。

道原は咳払いをすると声をあらためて、

「五月三日の午後、あなたはどこにいましたか」

と、顔をにらんできいた。

「自宅にいました。母がきたので、一緒に食事をしました」

彼女は緊張した表情をして答えた。

2

道原と吉村は、戸倉正一郎が毎晩飲食していたという料理店の月の実を訪ねた。入口横の地面に四角の行灯《あんどん》が置かれていた。もう一時間も経てば紫色の灯をともすだろう。調理場には白衣の料理人の姿が見えたが、まだ客は入っていなかった。髪を高く結い上げた女将《おかみ》が出てきた。五十歳ぐらいだろうか、丸い頬は白かった。

刑事の用向きは戸倉正一郎に関してだろうとみているようだ。彼女は大きな仏像の写真の額が飾られている壁ぎわの席へ二人の刑事を案内すると、「お飲み物を用意しますので」といって、調理場へ引っ込んだ。出されたのはリンゴのジュースだったが、道原たちは手を付けなかった。

「戸倉正一郎さんが横尾で無惨な姿になっていたのを、ご存じでしょうか」

道原が正面に腰掛けた女将にきいた。

「それはびっくりしました。山登りがお好きで、数えきれないほど何度も登っているときいたことがありました。いったいなにがあったのでしょう」

女将は丸い頬に手をやった。

「戸倉さんは、いつからこちらで食事をするように」

「最初は同僚の方とおいでになったようでした。料理がおいしかったとおっしゃって、お独りでおいでになるようになりました。それがたしか四年ぐらい前の二月だったと思います。初めは一日おきか二日おきぐらいでしたけど、一か月ほどすると、月曜から金曜まで毎日おいでになるように」

正一郎はまずビールを中ジョッキで一杯飲《や》る。そのあとはウィスキー。何種類かのウィスキーを試し飲みしていたが、イングランドの「ブルカ」を気に入り、それをボトルでとオーダーした。店のスタッフは、水と氷を用意したが、正一郎は酒をグラスに注ぎ、ストレートで飲《や》っていた。

「食事は、どんな物を……」

「お好きなのは、甘鯛《あまだい》の柏蒸《かしわむ》しと生雲丹《なまうに》。……それから車海老《くるまえび》の雲丹焼き。気温が高くなると鮎《あゆ》の姿ずしか、田楽《でんがく》焼きがお好きでした。毎回、お酒を召し上がりながらつついているのは、牡蠣《かき》の塩辛でした」

「贅沢《ぜいたく》な」

　吉村がメモを取りながら小さい声でつぶやいた。

「値の張る料理ばかりを食べていたようですが、高級料理の知識があったようでしたか」

「そうでもなかったですが、うちの料理長が、これはいかがですかと、何度かきいているうちに、味を憶えられたようでした」

「毎日、こちらで食事をしていた時期があったようですが、一回、値段はいくらぐらいになっていましたか」

「出した物によって値段がまちまちですが、戸倉さんがお召し上がりになっていたのは、平均一万五千円ぐらいでした」

「一回一万五千円。週に五回きて七万五千円。一か月三十万円。……普通のサラリーマンがやれることではない」

　道原と吉村は顔を見合わせた。

「支払いはその都度」

　道原がきいた。

「金曜日に、その週の料金をまとめて頂くことにしていました」

「支払いは、現金で」

「はい」

　その飲食を半年つづけていたとしたら、正一郎は少なくとも百万円以上をこの店で使っていたことになる。

「あなたは、戸倉さんの家庭のことなどをきいたことはなかったでしょうね」

「はい。戸倉さんがお話しにならなかったので」

女将は目を伏せた。

道原と吉村は、月の実を出て車に乗ると、戸倉がどうやって飲食費を工面していたかを話し合った。

「なにかをやっていたんだな」

「彼は、森林管理官でした。内緒で山の木材を扱う業者に売っていたとか」

吉村が推測をいった。

「そういうことは独りではやれない」

道原は顎に伸びた髭を摘《つ》まんだ。

松本署は県警本部と協議したうえ、沼田椿の行方捜索を全国の都道府県警察本部に依頼した。

彼女は五月三日の夕方、横尾山荘を単独で抜け出した。その際、山荘の調理場へ忍び込んで、出刃包丁を盗んだ。その包丁をつかんで、避難小屋の前に張られていたテントにもぐり込んで、寝袋に入って眠っていた戸倉正一郎の腹に包丁を突き刺して殺害した。凶器の包丁は、森林の中へ放り込んだか川に沈めたかしたのだろうと推測した。

彼女が夜の闇に紛れて上高地へ下ったのだとしたら、その動機はなにか、松本署を捜査本部にした捜査員は首をひねった。彼女と戸倉は知り合いだったのか。知り合いだったとしたら、どういう間柄だったのかをさぐることにした。


道原たちは、高校時代の沼田椿と仲よしだったのはだれかを赤木すみれにきいていた。

椿は、沖島直絵と三村春香と親しかったことが分かった。

　沖島直絵の住所は、松本市惣社。道原は小雪の降る一月に沖島家を訪ねている。スーパーでコンブの佃煮をコートのポケットに入れた九十二歳の沖島ハナという老婆を、署から車で送り届けたことがあった。

　昔、旅館だったという沖島家は大きくて古い。玄関の柱に付いている呼び鈴を押すと、「はあい」という女性の声がして、厚い板のドアが開いた。

　顔をのぞかせたのは直絵だった。彼女は道原と吉村を見ると、用件を理解してか、「ご苦労さまです」といって、玄関の中へ招いた。

「お祖母《ばあ》さんは、お変わりありませんか」

「はい。春先に風邪をひいたので、心配しましたけど、三日ほど寝ていて、恢復《かいふく》しました。その後は三度三度、ご飯をちゃんと食べています」

「もともと丈夫な方なんですね」

「そのようです。一週間くらい前に、近所の八十八歳のお爺《じい》さんが、お茶を飲みにおいでになりましたけど、うちのお祖母ちゃんよりも老けて見えました。そのお爺さんは、うちのお祖母ちゃんのことを、化け物だといっていました」

　直絵は、二人の刑事を座敷へ通した。構わないでくれと道原がいったが、彼女はお茶を出した。専業主婦のような手つきに馴《な》れがあった。

「お客さんなの」

　小さな声がしてふすまが開いた。白い頭のハナが這うような挨拶をしただけで下がっていった。署で話をきいた道原の顔を忘れてしまったようだ。

　道原は本題に入った。

「あなたは、沼田椿さんとは親しかったそうですね」

「高校に入って知り合って、仲よしになりました。三村春香とも仲よしで、いつも一緒に帰ったり、お茶を飲んだり、休みの日も会って、ゲームをやったりしていました。そのせいで、三人とも学業成績は良くありませんでした」

　道原は、横尾で無惨な姿になった戸倉正一郎の事件に触れた。

「横尾山荘の調理場から出刃包丁が一丁失くなっていた。その包丁が戸倉正一郎さん殺害に使われた可能性があるんです。……夕食までの仮眠中に沼田椿さんは山荘からいなくなった。椿さんが調理場から包丁を盗んで、その包丁でテント内で眠っていた戸倉さんを刺して殺し、行方をくらましたのではないかと、考えられていますが、椿さんは戸倉さんを知っていたでしょうか」

「知っていました」

「知っていた」

　道原と吉村は、顔を見合わせた。どういう知り合いだったかをきいた。

「高校三年のとき、森林観察という授業があって、木曽の山へいきました。檜《ひのき》の森林を見学したのです。その授業の講師をつとめたのが戸倉正一郎さんでした。わたしたちは整然と並んで真《ま》っ直《す》ぐに伸びた檜の美しさに見惚《みと》れていました。戸倉さんは、生徒の質問に丁寧に応え、伊勢神宮《いせじんぐう》の建物にはこの檜が使われているという説明もされました。わたしたちは檜の林をカメラに収めたり、撮り合ったりしました。戸倉さんを撮った生徒もいたと思います。……それから何日かしてからです。椿は松本市内で戸倉さんとばったり出会って、立ち話をしたといっていました」

「偶然会ったということですね」

「そうです」

「森林観察には、クラスの全員が参加したんですね」

「全員がバスで」

「クラスは何人ですか」

「四十二、三名でした」

「そのなかの一人の沼田さんを、戸倉さんは憶えていたのでしょうか」

「いいえ。椿が市内で戸倉さんを見かけて、声を掛けたということでした」

「声を掛けただけだったのでしょうか」

「そうだったと思います」

「それ以降、椿さんは戸倉さんに会っていないのでしょうか」

「再度、戸倉さんに会ったという話は、きいていません」

　道原は首をかしげていたが、

「私たちは、横尾の事件に椿さんがからんでいそうだとみています。道で偶然会って、挨拶を交わした程度の人が、重大事件に関係したとは考えられない。椿さんは戸倉さんと、何度も会っていたんじゃないでしょうか」

と、直絵の顔をじっと見ていった。

　彼女は手を合わせたり握ったりしていたが、

「春香にもきいてみてください」

といった。椿と仲よしだった三村春香のことだ。

　春香の住所は、市内蟻ケ崎だ。直絵の話だと春香は、高校を卒業すると専門学校へ通い、二年間で卒業し、現在は市内の作業衣などをつくる会社に勤めているという。

　春香の住所はアルプス公園の南側だった。住宅が整然と並んでいる一画で、「三村」という表札の家を見つけた。わりに新しそうな二階屋で、一階にも二階にも灯りが点いていた。

　玄関へ出てきたのは春香の母親だった。道原と吉村は夜間の訪問を詫《わ》びた。春香に会いたいが在宅かときくと母親は顔色を変え、

「春香がなにか」

と、眉を険しくした。

　道原は、春香の高校時代のある同級生のことをききたいのだといった。

　母親は春香と親しい同級生がだれなのか、すぐに分かったようで、

「どうぞ、お上がりください」

といい、春香を呼んだ。

　母親も長身だったが、座敷へ入ってきた春香は背が高かった。彼女は躾《しつ》けられていてか丁寧な挨拶をした。

　道原は春香にも、沼田椿と戸倉正一郎の間柄を尋ねた。

「間柄なんか」

　彼女は首を横に振った。彼女も椿が市内で戸倉を見掛け、立ち話をしたことを知っていた。

「私たちは、横尾の事件には椿さんがからんでいるのを確信しています。どこへ行ったのか分からない。身を隠しているのは、事件の加害者だからでしょう。……私たちは、椿さんと戸倉正一郎さんは、市内で偶然会ったのをきっかけに、何度も会っていたんじゃないかとにらんでいます」

　道原は、正面から春香の顔をじっと見ている。

「刑事さんは、わたしが椿と戸倉さんの間柄や行方を知っている、とみていらっしゃるのではありませんか」

「あるいは、とみています」

春香は、まったく知らないといって、首を強く振った。

「椿さんは逃走したが、だれかに助けを求めるようになるとも考えられる。つまり仲よしのあなたや沖島直絵さんに、連絡してきそうな気がする。もしも連絡があったら、すぐに私に知らせてください。彼女を庇《かば》うようなことは絶対にしないように」

　春香はうなずいたが、からだを揺らしてから、

「戸倉さんを殺したのは、ほんとうに椿でしょうか」

　ときいた。

「共犯者がいたのではと、想像したんですね」

「そうではないかと。山荘の調理場から包丁を盗んだのは、椿かもしれません。ですが……」

　彼女は震えるような声でいって、語尾を消した。

「私たちは、椿さんと戸倉正一郎さんの関係を正確に知りたい。市内で一度だけ、偶然会っただけというのは、嘘ではないかと疑っているんです」

　春香は膝の上で、拳を固くにぎった。顔は蒼ざめている。

3

　道原と吉村は翌日、ふたたび沼田椿の自宅を訪ねて、父親の増穂に会った。松本市以外の土地に親戚か知り合いがいるかを尋ねた。

「私の妹が函館《はこだて》に住んでいます。夫の転勤で北海道へ行ったんです」

　その人の住所と電話番号をきいてメモした。

「それから、私の元同僚だった人が、新潟市と飯《いい》田《だ》市にいます」

「その三人の住所を、椿さんは正確に知っていたでしょうか」

「住所までは知らなかったと思いますが、元同僚の子どもたちの電話番号は知っていたはずです。飯田の人からはリンゴを送っていただいたので、お礼の電話をしていましたし、去年の年末にはお歳暮の品をデパートから送りました」

「お歳暮の品をということは、住所を知っていたということですね」

「ノートにメモしていたのだと思います」

「その三人には娘さんがいますか」

「飯田の人には、娘が二人います。上の娘は椿と同じ歳《とし》だったと思います」

　椿は、その二人のうちのだれかを頼っていったと思うかを道原はきいた。

「訪ねたとしたら、娘の親から連絡があると思いますが……」

　増穂は眉間《みけん》に皺を立てて首をかしげ、妻の淳子に、そう思うかをきいた。

　彼女も考え顔をしていたが、

「頼ったとしたら大桑《おおくわ》さんでしょうね」

　大桑は飯田市の人だ。大桑市郎《いちろう》という名で、代々、和紙の卸業をしているという。飯田市は水引の生産地だ。

「椿さんは、飯田へ大桑さんを訪ねたことがありますか」

「一度あります。十年ぐらい前です。大きい家で、母屋《おもや》の隣に白壁の土蔵がありました。たしか七十年以上前でしょうか、飯田は大火に遭いました。大桑さんの母屋は焼けて、紙を保管している土蔵も火に包まれたでしょうが、内部は焼け残ったそうです」

淳子は俯いていたが、顔を起こすと、

「椿は、大桑さんを頼ったと思います。少ししかお金を持っていなかったと思うし」

「大桑さんからは連絡がないのですね」

吉村がぽつりといった。

「連絡しないでと、椿さんが頼んだのかも」

道原がいった。

大桑家を頼ったとしたら、椿は不審な顔をしたにちがいない家人になんといっただろうか。どうしたのかときかれ、まさか人を殺《あや》めてきたとまではいわなかったような気がする。

道原は曇った顔の夫婦に、大桑にも他の二軒にも、問い合わせをしないでもらいたいと念を押した。

翌日、道原と吉村は車で中央自動車道を南下し、飯田市へ向かった。松本は曇り空だったが、伊那盆地へ入ったあたりから青空が広がった。道路は飯田線と天竜川《てんりゅうがわ》に沿っている。左側は南アルプス、右手は木曽山脈の中央アルプスだ。駒《こま》ヶ《が》岳《たけ》サービスエリアで一服した。仙丈《せんじょう》ヶ《が》岳《たけ》の北側の一部に白いものが見えた。四月下旬に降った雪が消えていないのだろう。

「忘れていたが、君は飯田市出身だったね」

道原がいった。

「はい。高校まで飯田にいました」

東京の大学を出て、長野県警の試験を受け、諏訪署を経て、松本署へ異動して刑事課で道原の部下になった。

「ご両親は健在なんだろうね」

「はい。父も母も会社勤めです。父はたしか五十四歳だと思います」

「妹さんがいるっていってたね」

「東京の大学に在学中です」

あとで実家へ寄るがいい、と道原はいった。

「ありがとうございます」

二人は飯田署へ寄って、捜査目的を話した。

大桑家はリンゴ並木に沿った市の中心部の伝馬《てんま》町《ちょう》にあった。どっしりとした二階建てで、「大桑紙店」という古そうな看板が出ていた。

玄関を入ると木製の棚に囲まれた広間があって、その奥では仕事をしているらしい人の影が動いていた。声を掛けると、この店に勤めていると思われる若い男が出てきたので、大桑家の人に会いたいと道原が告げた。

すぐに、

「大桑の家内でございます」

といって、四十代半ば見当の女性が出てきた。

松本署の者だというと、女性は目つきを変えた。

「沼田椿さんという女性をご存じでしょうか」

「はい。以前からお付合いのある方の娘さんですので」

彼女は床に膝をついた。

「沼田椿さんは最近、こちらへ立ち寄っていませんか」

「見えましたが、なにか」

「それは、何日でしたか」

「たしか、五月四日の夕方だったと思います」

「どんなようすでしたか」

「突然やってきて、旅先でお金とカードを失くしてしまったので、といいました」

「お金を失くしたといったんですね」

「はい。どこかで財布を落としてしまったらしい、といいました。それでお金を貸して欲しいといったんです。……椿さんはお友だちと、天竜下りをしにきたそうです」

「お金を貸しましたか」

彼女は、十万円用立てたといった。

「夕方でしたので、家の者と一緒にお夕飯を食べて、泊まっていきなさいといいましたら、友だちと一緒だからといって」

借りた金をポケットにしまうと、頭を何度も下げて出ていったという。

そのときの椿の顔つきやようすを、道原はきいた。

「お友だちが待っているせいでしょうか、立ったままで、落着きがないようすでした。器量よしなのに、なんとなく汚れているような顔をしていたし、疲れているようにも見えました」

「お金を貸したことを、松本の椿さんの家へ電話しなかったんですね」

「子どもでもありませんので」

道原はノートをつかんだまま腕組みした。

彼女は、刑事の表情をあらためて窺うような目をすると、

「どうぞ、お上がりください」

といって、土間へ下り、細い通路を奥へ案内した。

通されたのは洋風の応接室だった。クリーム色の壁には海に浮かぶ緑の小島の風景画が飾られていた。

無精髭の五十歳見当の男がやってきて、

「大桑市郎と申します」

といった。この家の主人だった。

「松本の刑事さんがおいでになった。沼田椿さんにいったいなにがあったんですか」

大桑は、細い目を光らせた。

道原は、五月三日から四日にかけて横尾山荘前で起きた重大事件を話した。

「新聞に出ていましたが、三十代の男性が、テントの中で殺されていたという事件ですね。その事件と沼田椿さんとは、なにか関係があるのですか」

大桑は、眉間に皺を立てた。

「沼田椿さんは、梓川溯行会というグループのメンバーの一人でした。五月三日に、高校で同級生だった十三人が、上高地から横尾へ遡って、横尾山荘へ一泊したのです。そのうちの一人が沼田椿さんでしたが、彼女は夕食前に、山荘からいなくなりました。だれにも告げずに山荘を抜け出したのですが、その理由は分かっていませんし、未《いま》だに行方は不明です」

「行方不明……。警察は、テントの中で殺されていた男の人と、椿さんの行方不明は関係があるとみたのですか」

「そうです」

「椿さんと、殺されていた男の人は、どういう間柄だったんですか」

それが分かっていないのだ、と道原はいった。

「椿さんは、五月四日にここへやってきた……」

大桑夫婦は小さい声でいって顔を見合わせた。

「友だちと天竜下りをしにきたといったのは、嘘だったようだ」

大桑は暗い顔をした。

「お金を失くしたといったのも、嘘だったのかしら」

妻は両手で頬をはさんだ。

「どこかへ身を隠すためだったのか。……刑事さんは、テントの中に寝ていた男の人を殺したのは……」

大桑はつぶやいた。

「そんな恐ろしいことを、あの娘《こ》が」

妻は唇を噛んだ。

「だれかと一緒に殺《や》ったんじゃ……」

大桑は、道原と吉村に意見を求めるような顔をした。その顔は、信じられない、ともいっていた。

大桑はあとで松本の沼田家へ電話するだろうか。椿の両親に、彼女の行方をきくだろうか。

道原は、椿に関して、なにか気付いたことがあったら連絡してもらいたいといって、腰を上げた。

大桑家を出ると、道原はあらためて吉村に実家へ寄ってくるようにといった。道原も一緒にいくことにした。


吉村の両親は別々の会社に勤めているという。家には祖母がいるはずだと吉村はいった。

飯田線の線路を越えた。吉村家は中央自動車道に近い高台だった。

「立派な家じゃないか」

門の前へ止めた車を降りると道原がいった。門の中の二階建ての家は古そうだった。道原は南を振り向いた。天竜川を越えた彼方に、南アルプスの山なみが眺められた。

家には加那《かな》という祖母がいるはずだといって、吉村は玄関へ大きい声を掛けた。髪が真っ白い祖母が出てきて、吉村を見て驚いたような顔をした。祖母は間もなく八十歳になるという。

吉村が祖母に道原を紹介した。彼女はにっこり笑って、

「お世話になっておるんずら」

といった。道原は久しぶりに伊那の言葉をきいた。

頭と背中が黒で腹が白い猫が出てきた。吉村を見ると一声鳴いた。

祖母の髪は白いが顔の色艶《いろつや》はよく、腰も曲がっていなかった。祖父は農業に従事していたが、二年前に八十五歳で世を去ったという。

祖母はお茶の用意をするといって、台所へ向かった。

吉村は奥の間へ入ると仏壇の前へ正座した。蠟《ろう》燭《そく》に火を点け、その火を線香に移し、手を合わせた。その手の動きには馴れがあった。道原は彼の後ろで合掌した。吉村が急にいくつか歳をとったように見えた。

祖母はお茶を出すと、仏壇を向いて、亡くなった雷蔵《らいぞう》という夫のことを、「おじいちゃ」と呼んで、思い出話をはじめた。

「丈夫なときは、真面目によく働く人だったが、八十二、三になったころから、認知症がはじまって、妙なことをするようになりました」

「妙なことといいますと」

道原がきいた。

「お昼ご飯を食べたのに、一時間もしないうちに、『メシはまだか』なんていうことがありました。お医者さんにきくと、それは認知症の初期症状だといわれました」

「一時間ばかり前にご飯を食べたことを話したでしょうね」

「お医者さんに、そういうときは、本人が納得するまでよく話すようにといわれたもんで、お昼に食べた物がなんだったかを話しました。本人が納得したのかどうかは分かりません。わたしのいうことを黙ってきいとるだけでした」

「妙なことは、お昼ご飯を食べたのを忘れたことだけでしたか」

「おじいちゃには十歳下の笹枝《ささえ》という妹がおりますが。妹は天龍峡温泉の旅館へお嫁にいって、そこの女将になっとりました。おじいちゃは電車に乗って、その妹がおる龍信館《りゅうしんかん》という旅館へ行くようになりましたんな」

「その旅館へはたびたびですか」

「一週間に二度行ったこともあります」

「龍信館へ泊まってくるんですね」

「いいえ。旅館の方が、車で送ってきてくれておりましたんな」

「雷蔵さんは、旅館に泊まりたくて、たびたび行ったのでしょうか」

「妹に会いたくて、行っとったようでした。でも妹には仕事があって忙しいので、おじいちゃの話相手になってやれない。それで追い返すようにして、車で」

「雷蔵さんは、龍信館に泊まったことは」

「二、三度ありました。青い水の流れる天竜川を見下ろす部屋に泊まったことを、何度も話しとりました」

　加那は龍信館に、サツキの咲くころと、紅葉の時季に泊まりに行ったといい、川岸を染めた木々の風景を語った。

　雷蔵はときどき、息が苦しいというようになった。病院へ連れていくと、検査をするので一週間入院するようにとすすめられた。雷蔵は入院した次の日から、病院内を見て歩きはじめた。自分の部屋がどこだったか分からなくなった日もあった。どういう衝動が起きるのか、日に何度か一階の売店で買い物をした。パンやキャンデーを抱えるほど買ってくるが食べるわけではない。サイドテーブルに積んで眺めている。

退院して四、五日経つと雷蔵は散歩に出掛けていた。が、ある日、薄汚れた服を着て無精髭を伸ばした男を自宅へ連れてきて、加那に、「友だちだ」と紹介し、「ご飯を食べさせてあげて」といった。その人は散歩中の公園で知り合った男であって、友だちではなかった。加那は首をかしげたが、おにぎりをつくった。男は、「旨い、旨い」といって食べ、礼をいって出ていった。あとで分かったが、その男は路上生活をしていた人だった。

雷蔵は食が細くなり、口で息をするようになった。医師にすすめられて入院した。すると人が変わったようになり、看護師や雑務をしている女性を撲《ぶ》ったり蹴ったりした。その症状が一か月ほどつづき、一週間後に眠るように息を引き取った——

加那はそこまで話すと、胸で手を合わせて天井を向いた。

三船課長から道原に電話があった。

「ヘンなタレコミがあった。早く帰ってきてくれ」

通報は横尾の事件に関係があるのではないか。

4

タレコミは白い封筒に入った手紙だった。

「横山《よこやま》第二中学の教頭・寺石《てらいし》則人《のりと》は、道徳にはずれたことをしている。不倫だ。彼には妻がいるし娘が二人いる」

これだけがパソコンで打たれていた。宛先は

［松本警察署刑事課御中］、差出人名は打たれていない。

　三船課長はこの手紙をにらみながら、

「同僚の妬《ねた》みじゃないだろうか」

といった。

「事実にしろ妬みにしろ、わざわざ投書をした。不道徳を教えるなら、教育関係機関にしそうなものなのに、なぜ警察にしたのか」

　道原は首をかしげた。

　封書は鑑識にまわして指紋を採取している。市内の開智《かいち》局管内で投函されたものだ。

「この手紙の差出人は、寺石という教頭の不道徳を前からにぎっていた。それをいまになってバラそうとした。このタイミングは……」

　道原がいうと、

「もしかしたら、横尾の事件《ヤマ》に関係があるんじゃないでしょうか」

　吉村だ。

　道原はうなずき、寺石という教頭に会ってみるといった。

　課長は同意し、

「傷付けないようにね」

と、小さい声でいった。

　道原は、中傷を受けている寺石則人に直接会う前に、住民登録を調べた。住所が分かっていないので、市役所へ連絡して寺石則人が実在するかを確認した。

　該当があった。住所は松本市岡田《おかだ》松岡《まつおか》で、寺石則人は四十二歳。妻の季美《きみ》は四十歳。長女は十五歳、次女は十二歳。

　道原は午後四時過ぎに横山第二中学へ電話し、寺石を呼んだ。電話に出た女性は、「少しお待ち

ください」といった。寺石が応じるものと思っていたが、校長だという男の声に代わって、

「寺石先生は、きょうはお休みです」

「おからだの具合でもよくないのでしょうか」

「さあ、詳しいことは分かりません。じつは、寺石先生は、先週から休んでいます」

先週からというと、ゴールデンウィークの前からということか。

道原は寺石の自宅の電話番号をきいた。

その番号へ掛けると、呼び出し音が七つ鳴ってから女性が、「はい」と応えた。

「ご主人の寺石さんはご在宅でしょうか」

女性は少し間をおいてから、

「寺石は、おりません」

「いらっしゃらない。夜にはお帰りでしょうか」

「帰ってはこないと思います。そちらはどなたさまでしょうか」

妻と思われる女性は、少し尖った声できいた。

道原は、松本警察署刑事課の道原だと名乗った。

「寺石さんにどんなご用でしょうか」

「寺石さんに会って、うかがいたいことがあります。とても重要なことです。奥さんですね」

「家内ですが……」

「奥さんは、寺石さんのことを、帰ってこないと思うとおっしゃった。どういうことでしょうか」

妻は一分間ぐらい黙っていたが、

「寺石のケータイの番号を申し上げます」

といって、〇九〇からはじまる番号を読んだ。

投書によると寺石則人は、教育者として不道徳な行いをしているということだ。それが事実で、夫婦のあいだは険悪になり、寺石は妻子の許《もと》から出ていったということではないのか。

道原は、寺石季美のいったことを課長に伝えると、彼女にきいた番号へ電話した。

呼び出し音が五つか六つ鳴ってから、男の低い声が、「はい」と応答した。寺石だった。道原は至急会いたいのだが、どこにいるのかときいた。

「豊科駅の近くにおります。その駅の近くに、『くりの家《や》』という料理屋があります。私はいま、その店におります」

「ではそこにいてください」

道原はくりの家へ駆けつけることにした。

くりの家は、道原が安曇野署に勤務していたころ、たびたび利用した店である。

道原は吉村とともに灯りを外に洩らしているくりの家に着いた。店へ一歩入ると、

「あら、お珍しい」

五十歳近い女将がにこりとした。男女の客が二組いた。

寺石則人は壁に貼り付くような恰好をして目を瞑っていた。グレーのジャケットに白いスポーツシャツを着ているが、シャツの胸に食べ物の染《し》みらしい汚れがついていた。テーブルには盃《さかずき》がのっている。飲酒習慣のある人なのだろうか。口の周りを無精髭が薄く囲んでいる。疲れているのか酒に酔っていてか、壁に寄りかかって首をかしげていた。

目の前に人が立ったのに気付いたらしく、薄く目を開けた。

「お待たせしました」

道原が声を掛けると、驚いたように目を開けて立ち、背筋を伸ばした。身長は一七〇センチぐらいで、中肉だ。目が大きくて鼻が高い。

「松本署の道原と申します」

「はっ、はい」

寺石は中腰になって、目をこすった。頰がたるんでいるように見えた。この表情を中学生が見たら、目をそむけるだろうと思った。

自宅にもどっていないらしいが、どうしてかと道原がきいた。

「ちょっと、揉め事を起こしまして」

寺石は頭を掻いた。

「実は署に、あなたを中傷する投書が届きました」

投書の内容を伝えた。

「お恥ずかしいことです」

「女性とお付合いしていることは、事実なんですね」

「事実です」

「先生を、不道徳だと糾弾するのなら、その先は教育機関だと思うのですが、なぜ警察に知らせたのか、寺石さんにはその意図が分かりますか」

「さあ……」

寺石は首を左にも右にも曲げた。

「あなたは、相手の女性といつからお付合いを」

「一年あまり前からでした」

「若い人ですか」

「はい」

寺石は小さい声で答えると下を向いた。恥ずかしいことと思ってか、肩を縮めるようにして身震いした。その態度が異常に見えたからか、吉村は首をかしげた。道原も寺石を見直した。

「その女性は、どこのだれかをいえますか」

寺石は額に手をあてた。答えに窮しているらしい。

「あなたが、若い女性とお付合いしていることが、奥さんに知られたんですね」

「はい」

「どのようなことから知られたんですか」

「電話があったそうです」

「電話は、男性からですか、女性からですか」

「私が出勤している昼間、男からです」

「その男は、奥さんに、なんていったんでしょうか」

「私が浮気をしていると告げてから、相手の女性の名をいったということでした」

「女性の名を。……あなたが若い女性とお付合いしていることを、正確に知っていたということですね」

「そのようです」

「女性の名を教えられますか」

　寺石は曖昧なうなずきかたをしてから、胸に片方の手をあてた。

　道原と吉村は、寺石の胸を刺すように見つめた。

「沼田椿です」

　目下行方不明になっている二十三歳の女性だ。彼女は、五月三日の夕方、一緒に行動していたメンバーになにも告げず横尾山荘から姿を消した。そのあと分かったことがひとつある。

　沼田椿は翌四日の夕方、飯田市の大桑という知り合いの家を訪ね、「友だちと天竜下りにきたのだが、財布を失くしたので」といって、現金を借りた。一泊していけとすすめられたが、友だちと一緒なのでといって、金を借りるとすぐに同家を出ていった。

　その椿には重大な疑いがかけられている。横尾で小さなテントを張って寝ていた、戸倉正一郎の腹を包丁で刺して殺害したのではという嫌疑だ。

「五月四日以降に、沼田椿に会っていますか」

「いいえ。……彼女とは連絡も取れなくなっています」

寺石は眉を寄せた。電話が通じなくなっているからだろう。

「五月五日以降、新聞を見ていますか」

道原がきいた。

「読んでいます」

「梓川上流の横尾で、殺人事件が起きましたが、ご存じでしょうね」

「知っています」

「沼田椿さんは、五月三日に、高校時代の同級生と団体で梓川を遡ったが、その日の夕方、だれにも告げずに姿を消した。さまざまな状況から、殺人事件の加害者は沼田椿さんの可能性があります」

「えっ」

寺石は口を開けた。新聞は横尾の事件を報じたが、被疑者の名は載せていなかった。被疑者については確かな証拠と情報を得られていなかったからだろう。

「被害者は戸倉正一郎さんという人でした」

寺石は顎を震わせて宙の一点に目をすえた。

「知っている人だったんですね」

道原は寺石の表情を読んできいた。

「いいえ。知らない人です」

寺石は首を振ったが、瞳はあちこちへと動いていた。

「戸倉正一郎さんという人は、県の森林事務所の職員で、沼田椿さんを知っていました」

「私とは、縁のない職業の人です」

「寺石さんは、中学の教頭先生ですね」

道原は寺石の顔をにらみつけた。学校を休んでいるそうだがどうしたのかときいた。

「体調がすぐれなかったものですから」

「奥さんにうかがったら、あなたは何日間も自宅に帰っていないといわれました。どうしたんですか」

「もう帰らないつもりです」

「娘さんが二人いるのに」

　娘の顔や姿が浮かんだのか、寺石は唇を噛んだ。心の震えをこらえているようだ。

　どこに泊まっているのかをきくと、ホテルや旅館だと小さい声で答えた。彼は迷っている。あすは学校へ出ようか、それとも教師の職業を棄《す》てようかと。それと自宅へ帰ろうかと。

　道原は腕組みをして寺石の顔をにらんでいたが、はっと気付いたことがあった。

「五月三日の夕方、あなたはどこにいましたか」

「五月三日。連休の最初の日ですね」

　寺石はそういって瞳を動かしたが、知人に会っていたと答えた。

　その知人はだれで、どこで会っていたのかきいた。

「岩崎浩介《いわさきこうすけ》という松和《しょうわ》工業に勤めている人です。私は、自宅にいた岩崎を電話で呼び出して、お城の近くの喫茶店で会っていました」

　吉村が、岩崎浩介という人の電話番号をきいた。

「岩崎という人とは、何時から何時まで会っていましたか」

　道原がきいた。

「たしか、午後四時から七時すぎまでだったと思います」

　寺石は、岩崎と会った喫茶店とその近くの店で五平餅《ごへいもち》を食べたと答えた。

「自宅にいた岩崎さんを呼び出した理由は」

「私は、学校を辞めようか、あるいはほかの学校へ移るべきかを迷っていたので、そのことを相談することにしたのです」

「あなたの話をきいた岩崎さんは、なんていいましたか」

「県外の学校へ移ることにしたらどうか、といってくれました」

「それをきいたあなたは」

「学校を辞めて、会社員にでもと考えていると話しました」

「そうするつもりですか」

「はい。学校にはいままでどおり勤めてはいられませんし、べつの学校へ移っても、異動の理由が……」

　道原はしばらく寺石をにらんでいた。彼は自宅へも帰っていないし、学校へも出勤していない。まるで放浪者のようにホテルや旅館を転々と泊まり歩いている。働き盛りの男のやることではない。

「沼田椿さんから連絡がありましたか」

「いいえ」

「あなたから沼田椿さんに連絡は」

「電話しましたけど、通じませんでした」

　警察は、戸倉正一郎を殺害したのは沼田椿にちがいないとにらんでいるが、

「あなたはどう思う」

と、道原は寺石の目をのぞくようにしてきいた。

「分かりません」

「いまのところ、戸倉さんを殺したのは沼田椿さんしか考えられないが、そういう重大事件を起こしそうな女性にみえましたか」

「そんな……」

寺石は小さい声で首を横に振った。

「沼田椿さんから連絡があったら、あなたは彼女に会いに行きますか」

「はい。行くつもりです」

「いまでも彼女を愛しているからですか」

「愛してもいますし、事件に関係したのかをきくつもりです」

道原は、今夜はどこに泊まるのかをきいた。

寺石は、この近くの宿をさがすと答えた。

安曇野市内にはホテルや旅館が二十軒あまりある。山麓には豪華なホテルも建っている。

昨夜はどこに泊まったのかときくと、松本市内のホテルだと答えた。

「沼田椿さんと一緒ではないでしょうね」

「いいえ」

寺石は胴震いするように強く首を振った。

「どこへ消えたのか不明だが、椿さんはあなたに電話をしてくるでしょう。会いたいというかもしれない。もしも会うことになったら、かならず連絡してください」

店には道原たちのほかに客はいなくなった。

寺石は、この近くのホテルか旅館へ泊まるというので、道原と吉村は、安曇野警察署の近くのホテルをすすめた。そのホテルでチェックインしたのを確かめて、「なにか変化があったら、連絡するように」と寺石に念を押した。

第三章　驟雨

1

夜間だったが、道原と吉村は松本市内城山の沼田家のインターホンを押した。若い女性の声が応じた。椿の妹の綾乃にちがいなかった。玄関のガラス戸を開けると綾乃が、

「姉のことが分かったのですか」

と、いきなりきいた。

「いや、椿さんから連絡でもあったのではと思ったもので」

道原が答えた。

「ありませんが、どうぞ」

長身の彼女は、髪を後ろで結わえていた。いくぶんきつい目をしているが、ととのった器量をしている。

座敷には両親がいて、「ご苦労さまです」と、頭を下げた。父親の増穂も母親の淳子も、椿の行方を考えると夜も眠れない、といった。

椿は飯田市の大桑家を訪ねて、妻から十万円借り、一泊していくことをすすめられたが、友だちと一緒に遊びにきたのでといって帰った。その後はどこへ消えたのか、両親にも連絡がないという。

綾乃は、「姉の知り合いには電話をしましたけど、行き先を知っている人はいませんでした」

と、細い声で答えた。

「椿はテニスをやっていて、よく一緒に練習して

いた体格のいい子が……」

淳子はなにかを思い出したらしい。

「憶えている。増沢《ますざわ》さんっていう人。たしかお父さんのお勤め先の関係で、高校三年のときに、松本から横浜へ引っ越したってきいたことがあった。おねえちゃんは、その人と仲よしで、よく電話をし合っていたわね」

綾乃がいった。

「その人の住所か電話番号は分かりませんか」

道原が、母娘の顔を交互に見てきいた。

綾乃はなにかを見るらしく、座敷を出ていった。

十分ほどするとメモを手にしてもどってきた。

椿と一緒にテニスの練習をしていたのは増沢早苗《さなえ》で、住所は横浜市港南《こうなん》区だと分かった。綾乃はなにを見たのかというと、増沢早苗から椿に届いた手紙だという。


道原と吉村は、綾乃が手にしてきた増沢早苗の住所をノートに控えると、夜分の訪問を詫びて車にもどった。

「増沢早苗という人の電話番号を知りたいな」

道原はハンドルをにぎった吉村にいった。

「電話番号……。どうやったら分かるでしょうか」

「市役所で、五年ぐらい前に横浜市へ転出した増沢姓の該当者をさがしてもらう。そうすれば世帯主の名が分かるはずだ。世帯主の氏名が分かれば番号案内に問い合わせればいい。あるいは、英進学園女子高校へ、在学していた増沢早苗の親の名をきくという方法もある」

吉村はうなずいた。

翌朝、出勤すると吉村は、高校へ電話して、三年の途中に転校した増沢早苗の親の名前をきいた。

高校からは折り返し電話があり、早苗の父の名は増沢友章《ともあき》だと分かった。その氏名で電話番号を問い合わせた。横浜市港南区に該当があった。

道原が、〇四五ではじまる番号へ掛けた。

女性が応えた。中年の声だった。

「こちらは、松本警察署の道原という者です」

「松本警察署」

意外なところからの電話と思っているようだ。

「増沢早苗さんのお宅でしょうか」

「はい。早苗は娘でございますが」

「松本の高校に在学なさっていたとき、早苗さんの同級生に、沼田椿さんという人がいましたが、ご存じでしょうか」

「は、はい、知っていますし、わたくしも会ったことがあります」

「その沼田椿さんについてですが、早苗さんとは現在もお付合いがありそうですか」

「あります。きのうだったと思いますけど、椿さんから早苗に電話があったそうです」

「きのう……」

椿は五月四日、飯田市の大桑家を訪ねて、『友だちと天竜下りにきたが財布を失くしたので』といって、同家の主婦から十万円借りている。逃走資金だ。

「電話の内容をご存じでしょうか」

「きょう、会社が終ってから会う約束をしたといっていましたが、椿さんになにか」

早苗の母は、額に皺を立てたにちがいない。

「どこで会うのかを、おききになっていますか」

「さあ、それはきいていません。椿さんにご用がおありなんですか」

道原はなんて答えようかを迷ったが、椿に会う必要があるので、とだけいった。

「早苗さんは会社にお勤めということですが、ケータイに掛けてよろしいでしょうか」

母は、大丈夫だと思うと答え、娘のケータイの番号を教えた。

道原は早苗に掛けた。彼女は警察官からの電話に戸惑っているふうだった。

「夕方、沼田椿さんと会う約束をしているそうですが」

道原は、母親からきいたのだといった。

「はい。椿は、横浜に用事があるので会いたいと、電話でいいました。警察の方は椿にどんなご用が」

「大事なことをききたいのです。椿さんには、警察の者から電話があったことを伝えないでください」

「伝えないことにします。それと……」

早苗の声は密《ひそ》やかになった。なにかときくと、椿はケータイの電源を切っているといった。

道原は、早苗と椿が会う場所を尋ねた。すると夕方までに椿のほうから連絡がくることになっていると早苗は答えた。

早苗の勤務先をきいた。磯子《いそご》区の海南《かいなん》産業といって、魚の缶詰をつくっている会社だという。彼女は管理課という部署の事務職員だと自己紹介した。

会社の終業時間は午後五時四十五分だというので、道原は会社の門の前で早苗が出てくるのを待つことにした。会社の近くでは沼田椿が早苗の出てくるのを待っていることが考えられた。椿を捕まえられるチャンスが訪れそうだ。

それを課長に話すと、

「吉村のほかにもう一人連れていけ」

と、目を光らせ、「シマコを同行させろ」といって、彼女をデスクの前へ招《よ》んだ。

「沼田椿を捕まえるチャンスだが、彼女には戸倉正一郎殺しの嫌疑がかけられている。いわゆる凶悪犯だ。彼女は自分の身を守るために凶器を隠し持っている可能性がある」

課長はそういって、上着の右のポケットを叩いた。拳銃を用意していけといったのだ。シマコは直立不動の姿勢で顎を引いた。

道原は、横浜の磯子署に捜査協力要請の電話を入れた。

「海南産業の門前に現れる可能性のある沼田椿という女性は、松本でなにをやったんですか」

磯子署の刑事課長がきいた。

「穂高山麓の横尾というところで、テントに寝ていた男の腹に、出刃包丁を突き刺して殺害した嫌疑です」

「ああ、新聞に大きく出ていた事件《ヤマ》の。加害者は女性だったんですか」

「加害者の可能性があるということです」

道原たちは列車で横浜へ向かうことにした。列車に乗っているのは二、三時間あまりだ。道原と吉村とシマコは、昼食を摂ってから署を出発した。松本の空は晴れで、白い雲が西へ流れていた。

「東京は二年ぶり」

東京駅のコンコースでシマコがいった。「わたし、東京に住みたいって考えたことがあったけど、駅の混雑に遭って、やめることにしたの」

彼女は、吉村と肩を並べていった。

「やめてよかったじゃない」

「殺人事件《コロシ》を追いかけることになるなんて、想像もしていなかった」

海南産業の白い門柱が見える地点には午後五時十分に到着した。クリーム色の三階建ての社屋の奥には倉庫のような平たい建物がある。そこが缶詰の工場らしい。なんの物音もしなかったが、トラックやワゴン車が出入りしていた。

磯子署の車がやってきた。車から降りた一人に道原が挨拶して、目立たない地点で待機してくれと頼んだ。道原たちは、路地のあいだから車がひっきりなしに通る道路を見つめていた。午後五時四十五分、海南産業でベルが鳴った。それから十分もすると社員が二人、三人と門を出てくるようになった。逆に門に近づく人がいないかを注意した。工場の裏側に駐車場がある。そこへ向かっていく人が何人もいる。

午後六時十分、増沢早苗から道原に電話があって、「これから門を出ます」といった。
二、三分後、ベージュ色のジャケットを着て、白いバッグを提げた細身の女性が、門柱の脇に立った。増沢早苗にちがいなかった。彼女は左を向いたり右を向いたりしている。が、彼女に近寄ってくる人はいなかった。彼女は門を出てくる人に、「ご苦労さま」とでもいっているように見えた。
彼女はスマホを耳にあてた。着信らしい。沼田椿からの電話を受けたのだろうと道原は想像した。

早苗に掛かった電話は短かった。彼女はスマホをつかんだまま右手のほうへ歩きだした。五分ばかり歩いて磯子駅に着いた。道原たちは彼女の後を追って駅舎へ入った。

「沼田椿さんから連絡があったんですね」

道原が早苗にきいた。

「ありました」

「彼女とはどこで会うんですか」

「椿は、きょうは都合が悪くなったので、また電話する、といっただけでした」

　椿は、警察の張り込みに気付いたことが考えられる。彼女は海南産業の付近にいたのだろう。周囲に警戒の目を配っていたら、会社の反対側に立っている男女の姿を認めた。その男女は会社の門をにらんでいた。「警察だ」と気付いたにちがいない。

　道原は、椿のケータイの番号を早苗に確認した。溯行会のメンバーからきいていた番号だった。すぐにその番号に掛けた。が、電源が切られていた。きょうの張り込みは失敗だった。早苗には警察が張り付いているのを、椿は予測していたらしい。

　道原は、早苗を磯子署の車に乗せた。なぜ椿を捕まえようとしているのかを車内で話した。

「横尾山荘のすぐ近くに張られていた、小さなテントのなかで、松本市の三十四歳の男性が、腹を出刃包丁で刺されて殺されていました」

「その事件、新聞で見ました。わたしは高校一年のとき、横尾山荘へ一泊したことがありました」

　早苗は頬に手をあてた。

「五月三日、高校であなたと同級生だった十三名が、梓川溯行会というグループをつくって、横尾山荘に着いて、夕食前にひと休みしていた」

　道原は、メンバーの一人だった沼田椿が夕食の席にあらわれなかったこと、山荘の調理場から出刃包丁が一丁失くなっていたこと、殺されていた男性の腹の刺切創が出刃包丁によるものらしいこと、山荘をだれにも告げずに抜け出た椿の行方が、未だに不明であることを話した。

「テントで寝ていた男性を殺したのは、椿だということですね」

　早苗はつぶやくようにいって、身震いした。

「ほかの人は考えられないので」

「椿はなぜ、男性を……」

「それは分かっていませんが、殺された男性とは知り合いでした」

「椿はその人に対して、強い怨《うら》みでも持っていたのでしょうか」

　道原は、そのようにも考えられるといった。

「沼田さんから連絡があったら、その都度、私に電話をください」

　早苗はうなずくと、スマホを持った手を胸にあてた。

「椿は、お金を持っていないでしょうね」

　椿は飯田市の大桑家で十万円借りたが、それから五日が過ぎている。どのようなところで食事をし、夜をすごしたのか。早苗に会う目的のひとつは、金を借りることだったにちがいない。

「沼田さんには、横浜かその周辺に、知り合いがいるでしょうか」

「横浜の保土ケ谷《ほどがや》というところに、中学のとき同級生だった人がいます。大田川《おおたがわ》良子《りょうこ》という人で、お父さんは東京の自動車販売会社の社員で、松本の支店にお勤めでした。本社へ呼びもどされたということで、良子は三年生のとき、東京へもどって、現在は保土ケ谷に住んでいます」

　早苗は大田川良子と何度も会っているといって、ケータイの番号を教えた。

「沼田さんも大田川さんを憶えているでしょうか」

「特に親しかったわけではありませんが、憶えているはずです」

大田川良子は、大学を出て父親と同じ会社に勤めているという。

道原は、たったいまきいたばかりの大田川良子に電話した。

「はい」

と、歯切れのいい声が応じた。道原が名乗ると、

「松本の警察の方……」

意外な人からの電話、といっているようだ。

「あなたの電話番号は、増沢早苗さんからききました。私はただいま増沢さんに会っています。……松本の沼田椿さんをご存じでしょうね」

「たったいま、椿さんから電話をもらったところです」

「会う約束でも……」

「はい。一時間半後に会います」

落ち合う場所をきいた。

「品川《しながわ》駅に近い高輪堂《たかなわどう》という書店の前です」

東京だ。

車は走り出すとサイレンを鳴らした。大田川良子がいった時刻には充分間に合うが、二人が落ち合う前に椿を捕まえたかった。

品川駅に着いた。タクシーがずらりと並んでいる。第一京浜《けいひん》国道にも車が列をつくっていた。

道原たちは車を降りると、高輪堂の前から少しはなれた位置に立った。一か所に長いあいだ立っていると張り込みを見破られそうなので、数歩移動しては書店の正面に視線を投げた。

大田川良子が口にした時刻になった。長い髪をした細面の若い女性が、白いシャツの胸にバッグを押しあてて、右を向いたり左を向いたりしている。どうやらその女性が大田川良子のようだ。

四、五分経つと電話が掛かってきたらしく、スマホを耳にあてた。が、短い会話で電話は切れたようだった。その女性はスマホをにぎったまま書店の前をはなれ、道路を渡った。落ち合う場所を変更したのか、それとも会わないことになったのか。

　道原は大田川良子と思われる女性を追いかけて、声を掛けた。

「はい。大田川です」

　彼女は立ちどまると、緊張した顔を道原に向けた。彼は胸で身分証をちらりと見せて、

「沼田椿から電話があったんですね」

　と、半歩近寄った。

「警察の方が……」

　彼女は口を開けた。椿から連絡があったことを認めた。椿がなにをいったかをきいた。

「急に都合が悪くなったので、といいました。警察の方がなぜここに」

　彼女はわずかに顔をかたむけた。

　道原は道路の端に寄ると、椿を捕まえるために張り込んでいたのだと話した。

　椿は、書店の近くで、人の動きを監視していたらしい。神経が尖っているので、人の動き方も嗅ぎ分けられるのだろう。

　道原は、増沢早苗に話したのと同じように、横尾の事件を説明した。

「えっ、椿さんが、そんなことを」

　良子は唇を震わせ、信じられないといって眉を寄せた。

　道原は、増沢早苗に話したように、椿から連絡があったら知らせてくださいといった。

「椿さんは、ちゃんと食事を摂っているでしょう

か」

「持ち金はわずかだと思います」

「どんなところへ泊まっているのかしら」

彼女は拝むように手を合わせた。

急に冷たい風が吹き、雨が落ちてきた。良子は怨むような目を空に向けた。

2

道原は三船課長の前へ立って、磯子と品川で沼田椿を取り逃がしたことを謝った。

「椿は細心の注意をはらって、逃げまわっている。それが戸倉正一郎を殺した証拠だ。やがて持ち金は底をつく。そうするとなにかをやりそうだ。捕まえるチャンスは訪れる。それを待つしかない」

課長は拳を固くにぎって椅子を立ったが、急に顔色を変え、寺石則人を監視する必要があるといった。

「寺石は沼田椿に会いたがっているにちがいない。二人とも寂しいんだよ。電話を掛け合っていると思う。近いうちに寺石が、椿に会いにいくような気がする」

道原は課長の顔にうなずいたが、放浪者のような日々をつづけている寺石の経済状況を考えた。毎日、食事をしないわけにはいかないし、泊まる場所にも金は要る。

道原は寺石の妻の季美に電話した。

彼女はかすれ声で応答した。離婚でも考えていそうだ。

「ご主人は、お金を持っていたでしょうか」

「通帳もカードも持っていますので、お金には困っていないはずです」

「通帳を持っているんですか」

道原は首をかしげた。

「主人は以前から、わたしには内容を見せない預金通帳を持っています。給料が振り込まれる口座のほうは、わたしが管理していますけど、それとは別に」

「ご主人には給料以外の収入があるのですか」

「主人の出身地は大町です。現在は義兄が家長ですが、彼の家は昔から資産家だったのです。義父《ちち》は先代から受け継いだ山林の木を売ったり、市内に住宅を建てて売ったりして、資産を増やした人なんです。義父《ちち》は七十代ですけど、いまも元気で、義兄と一緒に不動産業をやっています。……義父《ちち》は、寺石に甘い人で、お金が要るといえば、いくらでも出しそうなんです」

それは意外だった。寺石が妻子のもとへ帰らないことのひとつは、金に困っていないからだろう。

道原は放浪者のような寺石を想像していたが、あっと口を開けた。

沼田椿は、寺石のふところが裕福なことを知っているはずだ。飯田へ行って大桑家から金を借りたが、それは逃亡する一時しのぎのためだった。どこかへ落ち着けば寺石を呼び寄せる。彼と一緒なら当面、金の心配をしないですむ。

寺石は近日中に、いや、きょうかあしたのうちに、椿に招《よ》ばれそうな気がした。

道原は寺石に電話した。

「あっ、刑事さん」

寺石は胸に手を押しあてたような声を出した。いまどこにいるのかと道原がきいた。

「お城の近くです」

松本城のことだ。居場所をきくと、裁判所の隣の神社だと答えた。

「松本神社ですね。そこにいてください。すぐにいく」

　道原は、吉村とともにこぢんまりとした松本神社に着いた。樹木に囲まれた境内は薄暗かった。高齢の女性が一人、買い物袋を提げて境内を歩いていたが、ほかに人影はなかった。道原と吉村は首をかしげながら、付近をさがし歩いた。

「寺石がここにいるといったのは、嘘だったんじゃないでしょうか」

　吉村がいった。

「おれたちは騙《だま》されたのか」

「寺石は見かけによらず、ワルかもしれません」

　道原は吉村の顔にうなずいた。寺石則人は平然と人を騙すような、質の良くない男のような気がする。中学校の教師だったが、その職業に似合わない要素を隠し持っている人間なのか。豊科のくりの家で会ったときは、自宅に帰ることもできず、意気消沈して、しょげ返っているように見えたが、それは偽装だったのか。

　彼が自宅にもどらない決心を固めたとしたら、椿に会いにいくだろう。

　道原は、奥歯を嚙み締めながら寺石に電話した。電話は通じないのではないかと予想していたが、寺石は応答した。

「お城の赤い橋が見えるところにいます」

「なぜ松本神社にいなかったんだ」

「姿を見られたくない人が、神社に入ってきたので、移動したんです」

　それならそうと伝えてくれればいいのにと思ったが、道原はこらえた。

「そこを動かないで。すぐに行くので」

道原は歯ぎしりした。寺石は、お堀の鯉《こい》か水鳥に、のんびりと餌《えさ》を与えていそうな気がした。

二人は道路を渡り、堀に沿って走った。額に汗がにじんだ。通行人が走る二人を見ていた。城の赤い橋が見えるところに着いた。二十人ばかりの団体客とすれちがった。橋を目に入れながら堀の縁《ふち》を走ったが、寺石の姿は目に入らなかった。

「私たちは、寺石に騙されているんですよ」

吉村は周囲を見まわし、吐き出すようないいかたをした。

そうとしか思えなかったが、十分あまり赤い橋の近くに立っていた。松本城を見学に訪れた人たちが、ひっきりなしに橋を渡ってきて、堀越しに城を振り返って眺めている。

道原はいまいましい思いをじっとこらえて寺石の電話番号をプッシュした。が、今度は電源が切られていた。寺石はまるで、刑事をからかっているようだ。

道原は地面を蹴った。腹立たしい。寺石則人という男は普通の人間ではない。教師をしていたことが信じられないくらい、質の良くない男だったのだ。

「やつは、神社の境内にいるとか、城の赤い橋が見える場所にいるといったけど、じつは別の場所にいたんじゃないでしょうか」

吉村だ。

「そうだろう。警察とは接触したくないのだろう。……もしかしたら……」

「なんでしょう」

吉村は、首をかしげた道原に半歩近寄った。

「横尾の殺人《コロシ》には、寺石がからんでいるんじゃないだろうか」

横尾山荘の調理場から包丁を盗んだのは沼田椿だろう。彼女はその凶器を寺石に渡した。寝袋にくるまって眠り込んでいた戸倉正一郎の腹を刺したのは、寺石だったかもしれないと道原は想像した。

「では、椿は寺石と一緒に横尾から上高地へ下ったと」

吉村は道原の目をのぞいた。

「いや、ちがうな。椿が寺石と一緒なら、金の心配は要らなかったはずだ。飯田へ逃げて、大桑家で金を借りる必要はなかった」

「横尾の殺人は、やはり椿が単独で」

「そういうことになるな」

二人は署にもどった。

「寺石は、ふてぶてしい野郎だな」

三船課長は、下唇を突き出した。

道原は署から寺石の妻の季美に電話した。寺石に会うことにしたので、電話して彼がいる場所へいったところ、彼の姿はなかった。警察官をはぐらかしたのだが、彼は、そういうことを平気でやりそうな男なのかときいた。

「さあ、夫のそういうところを見たことがないので、分かりませんけれど、大風呂敷を広げるというのでしょうか、ほらを吹くことはありました。人を笑わせようとしていたのです」

彼女は、寺石のことを、もう自分の許へはもどってこない人と思っているのではないか。あるいは彼女のほうが寺石を拒絶しているのではないか。道原の耳には季美の声が冷たく感じられた。

彼女には高校生と中学生の娘がいる。二人の娘の母親である彼女は、父親である寺石のことをどう話しているのだろうか。道原の目の裡《うち》には、季美が二人の娘に向かって、「もうあの人を、父親だと思うな。父親はいないものと思え」といいきかせている姿が映った。

3

道原は刑事課の窓辺に立って、沼田椿がどこでなにをしているのかを考えていた。いまごろ彼女は、東京か横浜へ寺石を呼び寄せ、今後どこでどうやって暮らしてゆくかを、話し合っていそうな気もした。

窓の下にはオフホワイトの乗用車が入ってきて止まった。背の高い中年の男が降りると、外からドアを開けた。その男に抱きかかえられるようにして車を降りた人を見て、道原は、あっと口を開けた。九十歳をいくつか過ぎた沖島ハナだったからだ。

きょうのハナはなんの用事で警察署へきたのか。見下ろしていると、長身の男はハナの手をつかんで署へ入った。男に連れられてきたといった恰好だ。

道原は階段を降りた。女性警官が一階の相談室から出てきた。長身の男とハナを相談室へ招いたらしい。

四十代半ばの男とハナは、横に長いテーブルの端の椅子に腰掛けていた。道原はハナを伴ってきた男に以前会ったことがあったような気がした。

「スーパーまるみつの山本《やまもと》です」

男は立ち上がって頭を下げた。ハナは腰掛けたまま道原の顔に微笑《ほほえ》みを送った。

シマコが入ってきて、「あらっ」とハナを向いていった。ハナはシマコを憶えていたらしく、にっこりとしたが、なにもいわなかった。

「きょうは、どんなご用で」

道原は、仏頂面の山本の顔に注目した。

「ハナさんは、先ほど、店のくだもの売り場で、サクランボを一つ摘まんで口に入れました。店のスタッフがそれを見つけて、注意すると、上着のポケットに手を入れたので、ポケットをそっとさぐると、サクランボが四つ入っていました。いくらお年寄りでも、こういうことをされては困るものですから」

万引きにはちがいないが、ハナには盗んだという意識がないのではないか。赤くて、つやつやしていて、おいしそうなので、つい手が伸びてしまったのだろう。

この前シマコは、ハナの万引きを店員からきいて、「見逃してあげればいいのに」と口走った。だが、店側としては、そのような客の行為に、目を瞑っているわけにはいかないのだ。

ハナはときどき、万引きとは呼べないような失敬を犯す。スーパーへ行くたびに食べたい物に手を伸ばすわけではなさそうだ。

「食べたいっていう衝動に突かれて、つい口に入れてしまうんでしょうね」

シマコが、ハナを見ながらいった。

「お店は、このような人を見つけたら、どのようにしてほしいのですか」

シマコが山本にきいた。

「店へこないでというわけにはいかないので、懲《こ》らしめのために、警察へ。……反省するのではと思って」

はたして効果があるかは不明だ。

シマコは、ハナに代わって「始末書」を手書きした。それをハナの前へ置いて、拇印《ぼいん》を押させた。ハナは、なにをなんのためにしているのかの判断がついていないのだろう。拇印を押した指をじっと見ていた。

シマコは吉村と一緒にハナを車に乗せて、自宅へ送った。

「沖島家は、見るたびに大きい家だと思います。あの家には、ハナの曽孫の直絵と二人きり」

大きな家は、昔、旅館だったという。それを事業家だったハナの夫が買い取って、居宅にしたということだ。人の話では、ハナの夫は経営していた会社を人に譲った。どれほどの金額で手放したのかは不明だが、大枚だったらしい。その金は資産となって、夫の没後、ハナの手に渡った。したがってハナと直絵は、経済的には余裕のある生活を送っているらしいとみられている。

五月半ばの日曜は、道原の父の命日にあたっていた。道原伝吉は諏訪市生まれだが、代々の墓は下諏訪町の来迎寺《らいごうじ》にある。

彼は、妻の康代と一人娘の比呂子を誘って、車で墓参りに出掛けた。

名刹来迎寺は、緩い坂の途中にある。下諏訪町のなかでは、最も構えの大きい寺だ。

墓は傾斜地に段々になっている。道原家の墓は斜面の中ほどにあって、黒御影《くろみかげ》は昼の陽光をはね返していた。

康代が墓石を洗った。比呂子が花を挿した。道原が線香に火を点け、妻と娘に分けてから墓石の前へ供えた。

比呂子は来春、大学受験だ。道原は三人の健康とともに娘の受験の成功をも祈願した。

寺を出ると高台へ登った。ほぼ円形の諏訪湖を眺めた。以前、この湖は真冬に全面結氷した。道原の小学生のころのことだ。スケート靴を持って登校し、湖で滑ってから帰宅したものだった。

地球の温暖化のせいか、近年は全面結氷はめったになくなり、湖面が波立ったまま春を迎える年が多い。比呂子はスケート靴を履いたことがないのではないか。

スワンのかたちをした白い観光船が、岡谷《おかや》方面へ滑っていき、方向を変えていた。屋形船がいくつか見えた。釣り人が船上で魚を釣っているらしい。左手の上諏訪方面と右手の岡谷方面では湖面の色がちがっている。下諏訪町の対岸は間近に山を背負っているからか湖面は緑である。昔は、日陰村と悪口で呼ばれていた。

三人は、中山道《なかせんどう》に並ぶ下諏訪温泉へ下った。

道原の頭に不意に、横尾山荘横のテントの中で死んでいた戸倉正一郎の蒼い顔が浮かんだ。刑事とは因果な職業だ。休日に家族とすごしていても、頭からは事件が消えていない。歩いている若い女性を見ると沼田椿に似て見え、中年男とすれちがうと寺石則人に似て見える。

きょうの椿と寺石は、どこでどうしているのか。もしかしたら寺石は、横浜あたりで椿と落ち合っているのではないか。

長野県警は、沼田椿の写真を全国の警察に送って、指名手配したが、昨日は、寺石則人を椿の共犯の疑いで全国指名手配した。彼は松本市やその周辺にいないだろうと推測したからだ。

椿と寺石は会っていないにしろ、彼は彼女に頼まれて、現金を送っていそうだ。

次の朝、出勤すると、課長と道原、吉村は署長室へ招《よ》ばれた。署長は、寺石則人を泳がせていたことを反省すべきだと、眉を吊り上げた。

「戸倉正一郎を殺したのは、沼田椿にちがいない。椿と寺石則人は密接な間柄だった。戸倉と寺石はなんらかの関係で、知り合いだったことが考えられる。で、寺石は重要参考人だった。そういう人物を野放しにしていた。これが手落ち。……寺石は、椿との不倫関係がバレ、家族にも密告が届いたことで、家へ帰らなくなった。金に困っていない男だからだし、根はしたたかな人間だったと思う。電話でやり取りした警察官を騙すぐらいは朝飯前。あっちで会う、こっちで会うといって、刑事をからかっていたんだ。あんたたちは、寺石という人間を見損なっていた」

普段もの静かな署長だったが、けさは別人の顔をして唾を飛ばした。そして最後に「事件は、殺人《コロシ》だよ」と、頭上から三人を押し潰すようないいかたをして、県警本部に招ばれているといって、上着を肩に掛けて、玄関前で待っていた車に乗り込んだ。

道原は、無駄だろうと思いながら、寺石の自宅に電話した。妻の季美が、風邪をひいているような声で応答した。

「ご主人に電話をされましたか」

道原はノートを片手にしてきいた。

「していません。無駄だと思っていますので」

「ご主人のほうからは、掛かってこないのですね」

「夫は、あっ、もう夫なんて呼びたくありません。あの人は、わたくしと二人の娘を棄てたのです。刑事さんはもう、あの人のことをおききにならないでください」

　電話は季美のほうから切れた。

「家庭、家族の崩壊」

　道原はつぶやいた。

　道原と吉村は手分けして、梓川溯行会に参加した十二名に電話であたった。無駄とは思ったが沼田椿から連絡があったかをきいたのだった。

　意外だったのは、沖島直絵の返事。横尾山荘で同部屋に眠っていた人である。沼田椿とは親しかった一人だ。老齢の沖島ハナの曽孫でもある。

「わたし、寺石先生を知っていました。今年の一月だったと思います。椿と一緒に、お城の近くのカフェで日曜の昼間、お茶を飲みました。わたしたちより、あとで店へ入ってきた寺石先生を、椿が紹介してくれたんです。一時間ばかり一緒でしたけど、寺石先生は、学校の先生らしくなくて、ときどき冗談をいって、椿とわたしを笑わせていました」

「寺石さんと沼田さんは、特別な間柄でしたが、一緒にお茶を飲んだとき、あなたはそれを知っていましたか」

「知りませんでした。わたしは鈍感なので、気付かなかったのかもしれません。わたしはカフェの前で椿と別れましたけど、彼女はそのあとも寺石先生と一緒だったのかもしれません」

「沼田さんから連絡は」

　道原が催促するようにきいた。

「ありません」

「あなたは、沼田さんが何度も訪れたことがあるとか、あるいはなじみの土地を知っていますか」

「なじみの土地……。そういうところは知りませんが、以前、松本に住んでいましたけど、家庭の都合で、横浜へ転居した同級生を訪ねたのをきいたことがありました」

それは、増沢早苗と大田川良子のことにちがいない。椿はその二人に会うつもりで連絡を取っていた。が、警察の手配に気付いてか、二人に近づこうとしなかった。

現在の椿はたぶん、東京か横浜あたりにいるのだろう。椿は間違いなく寺石と連絡を取り合っている。道原たちは、寺石が資産家の息子だったのは知らなかった。彼が窮状を訴えれば、実家は援助を惜しまないと考えられる。

「寺石は現在、実家の手の届くところにいるのでは」

吉村の推測だ。

「いや、われわれが実家をマークしていることを、やつは気付いているはずだ。実家は金の援助をしたかもしれないが、かくまったりはしないだろう」

刑事課の窓に夕陽があたった。道原と吉村が話し合っているところへ、思いがけない職業の人から電話があった。女鳥羽《めとば》のクリーニング店の店員から、

「新聞で、中学の寺石先生が指名手配になっているのを知りました」

店員はそういって、芦沢《あしざわ》だと名乗った。

芦沢は一時間ほど前、得意先へ仕上がった物を届けに裏町《うらまち》を自転車で走っていた。と、裏町通りのスナックから顔見知りの少女が出てきた。酒場と少女は不似合いだったので、彼は自転車を止めて少女の背中を目で追ったのだといった。

「顔見知りの少女といいましたが、それは……」

道原がきいた。

「寺石先生の下のお嬢さんでした」

「寺石の娘……。その娘が出てきた店の名は」

「金将《きんしょう》というスナックです。間口は狭いけど、店の奥はわりに広い店です」

「あなたは、その金将へ入ったことが……」

「あります。クリーニングの得意先なんです」

道原は通話を終えると、

「行くぞ。裏町通りだ」

吉村を促した。


宵の裏町通りには歩いている人は少なかった。スナック金将は通りの北のほうだった。ドアは黒と緑とオレンジ色に塗られていた。道原と吉村はその店内へ飛び込むように入った。若い女性が一人、雑巾のような物を手にして薄暗い通路に突っ立っていた。道原たちは身分証を女性に見せて、四、五歩、奥へ入った。左手がカウンターで、右側にはテーブル席が四席あった。壁には大きいスクリーンが貼り付いている。店内にはその女性のほかにはだれもいなかった。

「さきほどここへ、寺石という名の少女がきていましたね」

道原は、口を半開きにして立ちつくしている女性にきいた。

女性は声を出さず、首でうなずいた。

「その女性は、なにをしにきたんですか」

「お父さんに会いに」

「お父さんは、寺石則人さんだね」

「そうです」

「あなたは、寺石則人さんを知っていたの」

「はい。中学のときの先生で……」

「というと、寺石さんに、ここで娘に会うことを頼まれたんだね」

　女性はまた無言で首を動かした。

　吉村は、寺石がテーブルの下にでも身を潜めていないかと、あちこちを見てまわっている。

「寺石さんは娘さんと、なにを話していた」

　道原は、女性の正面に立ってきいた。

「分かりません」

　女性の話だと寺石は十五、六分、娘と会話したあと、娘より一足先に店を出ていったという。父親でありながら、帰宅できない事情を次女には話したのだろうか。長女とは会っていないのだろうか。

4

　寺石則人の次女は麻紀《まき》という名だ。道原と吉村は、市内岡田松岡の寺石家を訪ねた。門扉は石の柱にはさまれていた。玄関へは五つ六つ青い飛び石が埋められ、両側ではサツキが咲いている。白地に黒い斑《ぶち》模様がトレードマークのダルメシアンが背伸びした。門を開けた妻の季美は、犬にひと言声を掛けた。夫が若い女性と親交を結んだり、家を出たきりになったりしなければ、優雅な生活《くらし》の日々を送っている家庭にちがいなかった。

「どうぞ」

　玄関へはいった季美は、木製の厚いドアに手を掛けて、二人の刑事を屋内に招いた。天井にはサッカーボールのような電球が下がっていた。

通された部屋は洋風だった。ソファは薄緑色。テーブルは焦げ茶色。壁には縦一メートルほどの俳優チャップリンが花束を抱えている絵が飾られていた。絵の下部にはS・Yのサインがあるが、だれなのか道原には分からなかった。吉村にきいたが首を横に振った。

季美は、二人の刑事にお茶を出すと、正面へ腰掛けた。玄関から、「ただいま」という声が二つきこえた。娘が二人帰ってきたことが分かった。

来客があるのを知ってか、背の高い痩せぎすの娘が洋間の入口で頭を下げた。長女の初美《はつみ》だと季美が紹介した。初美は黙って頭を下げただけで去っていこうとした。

「麻紀は」

季美が長女にきいた。長女は廊下で妹を呼んだ。

入口に立った麻紀も痩身だったが、顔色がよくなかった。

道原は麻紀にききたいことがあったので、ソファにすわってもらった。彼女は浅く腰掛けると顔を伏せた。

「あなたはきょう、塾を休んで、裏町の金将という店へ行きましたね」

麻紀は下を向いて、小さく首を動かした。

「だれかから電話で、その店へくるようにといわれたんですね」

彼女は顔を伏せたまま黙っていた。

「はっきり答えなさい。刑事さんは、大事なことをきいているのよ」

母親は麻紀のほうへ顔を寄せた。

麻紀は一瞬、母親に顔を向けたが、また下を向いた。両手も合わせたが、親指だけが動いていた。

「お父さんに、電話で呼ばれたんですね」

道原がいった。麻紀は曖昧なうなずきかたをした。

「スナックで会うと、お父さんはあなたにどんなことをいったの」

麻紀は二、三分のあいだ黙っていたが、小さな声で、

「遠方へ行くので、当分のあいだ家へは帰れないって、いっただけです」

「あなたはお父さんに、なにかいいましたか」

「悲しくて、悲しくて、泣いていました」

「お父さんは遠方へといったらしいが、地名をいいましたか」

麻紀は首を横に振った。ポケットから小さくたたんだピンクのハンカチを取り出すと、それを両手で目にあてて、しゃくりあげるように肩を上下させた。


寺石則人は松本市内にいる。少なくとも麻紀と裏町通りの店で会ったときまでは松本にいた。

松本署は、近隣署にも連絡してすべての宿泊施設にあたっているが、寺石と思われる男が宿泊したという情報は入っていない。もしかしたら彼は、知り合いの家へころがり込んでいるのかもしれない。

道原は季美に、寺石をかくまってくれそうな家があるかをきいた。

「何日も泊めてくれそうな家なんか、ないと思います。彼は恥ずかしいことをしていた人です。ですから親しい人や、知り合いには会っていないでしょう」

季美は、目尻を吊り上げるようにしていった。表情は硬くて冷たい。

次の日も道原と吉村は大町市の寺石則人の実家を訪ねた。木製の厚い板の門をくぐった。年数を経ていそうな大きい二階屋だ。この家の隣には「平安《へいあん》商事株式会社」という墨書きの看板を出している平屋がある。則人の兄の鉄造《てつぞう》が社長に就いている不動産会社だ。

　鉄造の妻が二人の刑事を洋風の応接間へ招いた。五分ほどして鉄造があらわれた。四十代半ばで、顔が大きくて恰幅《かっぷく》がいい。

「会社は、ご発展のようですね」

　道原がいった。

「いや、大したことはありません。新しく建てた住宅が売れなくて、やきもきしています」

「何軒も建てたのですか」

「二か所に五棟ずつ建てたのですが、売れたのは四棟だけでした。比較的駅に近い場所なんですが」

　彼は太い眉を寄せた。その顔は、テレビの大河ドラマで重鎮の役を演《や》っている俳優に似ていた。

　鉄造は、市内で老人ホームも経営している。

「利用者は七十人で満杯です。儲《もう》かる事業ではありませんが」

　彼は渋い顔をした。

「則人さんは、こちらへは」

　道原が切り出した。

「来ていません。困ったものです。女をつくったのが女房や娘たちに、いや、勤めていた学校にも知られて……。世間の笑いものになってしまった」

「本人から電話がきましたか」

　鉄造は一瞬顔をしかめ、目玉を動かしてから、

「きません」と答えた。

道原は、彼の表情の変化を目の裡へ焼き付けた。

「則人さんは、どこで、どうしているか見当がつきますか」

「見当なんか……。季美さんがいうには、二、三度電話をよこしたそうです。あの人はきつい女性ですから、家族も世間に顔向けできなくなったぐらいのことはいったでしょう」

「きのうの夕方、則人さんは下のお嬢さんと、裏町のスナックで会っていました」

「則人が娘を呼んだんでしょうね」

「そのようです。下のお嬢さんには、遠方へ行くので、当分のあいだ会えないといったそうです。それをきいて、お嬢さんは泣いたといっていました」

「学校の先生になったのに、道を踏みはずした。則人は一生を棒に振ってしまった」

鉄造は頭に手をやった。

「則人さんは、お金を持っていそうですか」

「少しは持っているでしょう」

「少しは……。どれぐらいでしょうか」

「分かりません。安い宿に数日泊まれるくらいは」

「こちらへ、援助を頼んだのではありませんか」

道原は顔を少し前へ出した。

「いいえ。電話もよこしませんし」

鉄造の瞳はまた動いた。嘘をついているな、と道原は読んだ。

寺石則人の実家をあとにすると、道原と吉村は、松本の裏町のスナック金将へ立ち寄った。五十歳見当のマスターがいて、カウンターに並べたマイクを白い布で拭っていた。店へ入ってきた二人が刑事だと知ると、目を緊張させた。客はまだ入っていなかった。

「寺石則人さんをご存じですね」

　道原がきいた。

「はい」

「親しい間柄ですか」

「特に親しいというほどではありませんが、以前からの知り合いです」

「寺石さんは、学校の先生を辞めるつもりなのか、何日も出勤していないし、自宅へも帰っていません。市内を転々としているようだが、どこに泊まっているのかつかむことができない。夜はどこですごしているのか、見当がつきますか」

「寺石さんは、学校へ出勤しないし、家へ帰ってもいない。ですが犯罪にはかかわっていないのでは……」

「犯罪には直接かかわっていないようですが、会ってききたいことが山ほどある。それで居場所や泊まっているところをさがしているんです」

　マスターは腕組みしていたが、

「もしかしたら……」

　と、つぶやいてから、

「ここの先にヤサカ亭《てい》という焼肉屋があります。寺石さんはその店をよく利用していたし、店の主人とも親しくしていました」

　ヤサカ亭へは道原も何度か食事にいっている。繁昌《はんじょう》している店だ。

　道原と吉村は、金将を出ると、二〇〇メートルばかり南のヤサカ亭へ入った。せまい通路には薄く煙がただよっている。奥の席には客がはいっているのだ。着ている物に肉を焼く煙がまとわりつくような気がした。

赤ら顔の竹下《たけした》というマスターは調理場にいて、肉を刻んでいる太った男と話し合いをしていた。若い女性店員が二人、調理場と客席を行き来している。この店は今夜も満席になりそうだ。

道原はマスターの前へ立って、身分証を見せ、ききたいことがあるといった。

うなずいたマスターは二人の刑事を空いているテーブル席へ招いた。

マスターと向き合うと道原が、「寺石則人さんをよく知っていますね」と切り出した。赤ら顔のマスターの顔が蒼みをおびた。黙ってうなずいた。

「市内にいるらしいが、所在をつかめない。あなたは寺石さんと親しいので、どこで寝泊まりしているのかを、ご存知では」

マスターは口を固く結んで、音のするようなまばたきをした。彼は三、四分黙っていたが、意外なことを答えた。

「ここにいました」

「こことは……」

道原と吉村は一歩踏み込むように、顔を前へ出した。

「寺石さんに頼まれて、ここへ泊めていました」

「ここというと……」

「調理場の奥に三畳ほどの部屋があります。従業員が着替えに使う部屋です。寺石さんに当分のあいだ泊めてくれないかって頼まれたので、家から毛布を持ってきて。……寺石さんは、学校へ出勤していないし、自宅へも帰っていないけど、悪いことをして隠れているわけではないと思ったので」

「直接、犯罪にはかかわっていないようだが、きかなくてはならないことがあるので。……今夜も泊まりにくるでしょうか」

「一昨日《おととい》からきていないので、今夜、くるかどうかは分かりません」

「こちらで食事をしていましたか」

「焼肉が好きなので、閉店の少し前にきて、日本酒を飲みながら。……中学校の教頭だった人が、家にも帰れない。独りで食事している姿は、なんとなく哀れでした。よほどの事情があったのでしょうが、私はそれをきかないことにしていました」

　道原たちの後ろのほうで、「いらっしゃい」という女性の声がした。

第四章　七里ヶ浜

1

　五月十八日の朝刊に、「神奈川県鎌倉《かまくら》市・七里《しちり》ヶ浜《がはま》で殺人」という見出しの記事が道原の目に飛び込んできた。

「十七日午後九時ごろ、鎌倉市南西部の相模《さがみ》湾に面した七里ヶ浜の駐車場で倒れている人を駐車場の利用客が見つけて一一〇番通報した。駆けつけた警察官が調べたところ、倒れていたのは男性で四十代半ばぐらい。腹から血を流していて、すでに死亡していた。くわしく調べると、腹部を包丁かナイフのような凶器で刺され、そこからの出血によって死亡したことが判明した。服装はグレーのスーツに黒の靴。上着のポケットには五万二千円の現金の入った財布と縞柄のハンカチが入っていたが、身元の分かる物は入っていない」

　となっていた。

「七里ガ浜という地名。何度かきいたことがある」

　道原は出勤すると吉村にいった。

「私もきいたことがあります。湘南《しょうなん》の保養地です」

　吉村はそういって、スマホの地名に指を添えた。

「稲村《いなむら》ヶ崎《さき》の西方で、腰越《こしごえ》の小動《こゆるぎ》岬との間。北部は海崖となって鎌倉山がせまり、中腹には別荘や療養所などがある。地名は昔、六町を一里と称したころの名残り」

新聞には二〇二〇年の日本人の平均寿命が載っていた。男＝八十一・六四歳、女＝八十七・七四歳。

「私は、八十歳までは生きていられないと思う」

三船課長は、片方の手をズボンのポケットに突っ込んで道原に話し掛けた。

「そういっていた近所の人が、九十三まで」

道原は、九十三歳で世を去った農家の主人の顔を思い出した。その人とは懇意にしていて、毎年秋になるとサツマイモやリンゴやカキを持ってきてくれた。道原は、出張先で買った魚の干物などを差し上げていた。

年寄りで思い出したのは九十二歳の沖島ハナだ。きょうもハナは署へ連れてこられた。きょうはスーパーでなく書店だった。市内中心部の信松堂《しんしょうどう》書店で、文庫本を一冊、胸に押しあてて店を出ようとしたところを、店員に見つかった。一か月ほど前にもきょうと同じように、本を胸に押しあてて店を出ようとしたことがあった。「万引きは二度目」ということから、店員は懲らしめとして、警察へ連れてきたのだった。

きょう失敬した文庫本は表紙に紅い人形を描いた杉坂啓子《すぎさかけいこ》の『夏《なつ》の霧氷《むひょう》』という小説。

「どうしてこの本を持っていこうとしたの」

道原がハナに、つとめて穏やかにきいた。

「知っている人が書いた本だったので」

「なぜ、お金を払おうとしなかったの」

「忘れたのよ」

「お金を払うのを、忘れたの」

「そうよ」

杉坂啓子は松本生まれだし、市内に住んでいる。

ベストセラー作家の一人だし、作品がテレビドラマになったこともある。現在六十五、六歳だ。

「知っている人といったけど、会ったことがあるの」

「ええ、何度も」

資料庫から『文藝年鑑』を出してきて、それに載っている杉坂啓子の自宅へ電話した。電話機は目の前に置かれているのか、すぐに、「はい」と応答した。

「杉坂さんでしょうか」

「はい。わたくしですが」

道原は名乗ってから、沖島ハナという女性を知っているかと尋ねた。

「ハナさんですね。知り合いです。しばらく会っていませんが……。警察とは、ハナさんが事故にでも」

「いえ。ききたいことがあったので、話しているうちに、杉坂先生のお名前が出たので、失礼とは思いましたが、確認させていただいたのです」

「ハナさんに、なにかあったのですね」

「確認だけですので、大変失礼いたしました」

道原のほうから電話を切った。

「あなたは、いいお友だちを持っているんですね」

「ええ。去年の寒いときだったか、杉坂さんから大きいカニをいただいたの」

「新潟か富山へでも、旅行されたのでしょう」

ハナはなにかを思い出そうとしてか、天井を見まわすように首を動かした。

本をよく読むのかと彼女にきくと、

「たまに」

といって、両手で丸をつくって目にあてた。メガネを掛けて読むのだという格好だ。

　きょうも吉村とシマコが、ハナを車で自宅へ送った。

　翌日の新聞には、神奈川県鎌倉市の七里ヶ浜での殺人事件の続報が載っていた。被害者の身元が判明したと記事にはあった。その人の名は八島雪《やしまゆき》男《お》。四十六歳で会社員。住所は長野県大町市平《たいら》木崎《きざき》。家族には、横浜市へ社用で出張といって出掛けたが、予定通りに帰宅しなかった。妻は彼に電話をした。するとスマホの電源は切られていたので不審を抱いた。勤務先に問い合わせると、出張先での仕事が予定通りすすまなかったので、帰りが一日か二日延びたのだろうといわれた。

　前の日の新聞には、七里ヶ浜で殺人事件が発生という記事が載っていて、被害者の氏名も住所も不明となっていた。暗い予感を抱いた妻は、事件現場の所轄の鎌倉署に電話して、「横浜へ出張したはずの夫と連絡がとれないし、七里ヶ浜で殺されていた人と年齢が近い」といった。すると、「身元不明のホトケさんを見にきていただきたい」といわれた。

　妻はそのことを、夫の勤務先である大町市の平安商事に伝えた。すると社長に、社員の一人と一緒に所轄署を訪ねなさいといわれた。

　八島雪男の妻のエツ子《こ》は、社員の柿山健三《かきやまけんぞう》の運転する車に乗って鎌倉署を訪ねた。空気が凍っているような冷たい部屋のベッドに仰向《あおむ》いていたのは、紛れもない夫の雪男だった。

　警察官は、エツ子と柿山に遺体の死因を説明した。それによると被害者は、国道沿いの夜の駐車場で右横腹を鋭利な刃物で刺され、一四、五メートル歩いたところで倒れたもようという。一四、五メートル移動したと分かるのは、路上の血痕からだ。事件を目撃した人はいまのところいないようだ。

　エツ子は涙を拭きながら手続きをすませると、寝台車を頼んで、夫を大町市の自宅へ運んだ。

　平安商事の寺石社長が焼香して、「葬儀の費用は会社が持つので」と、小声でエツ子にいった。

　松本署の刑事課は緊張した。三船課長は道原と吉村とシマコを並ばせると、

「あしたの八島雪男の葬儀には三人で行ってくれ。事件現場の所轄署からは捜査員がきているはずだ。その人たちとも話し合ってくれ。……それから八島雪男の出張目的だ。私はこれが重大だとにらんでいる」

　そういってから課長は、「もうひとつ」といって、咳払いをした。

「寺石則人は、毎晩、ホテル代わりにしていたヤサカ亭へ、ここ何日かやってこないだろ。どこへ消えたのか。……私は、松本からいなくなったとみているんだが」

　課長はそういって、横に並んだ三人の顔を見比べるような目をした。

　道原も寺石則人の行方には関心を持っている。ヤサカ亭で夜を明かすと、寺石はふらりと店を出ていっていたらしい。その彼を尾行し監視していなかったのは落ち度だったと、いまになって後悔している。

　彼はいつかは沼田椿と落ち合うのではないかと、推測していた。どこへ逃げたのか所在不明の椿が、寺石を呼び寄せそうな気がしていたのである。

椿には殺人の嫌疑がかけられているのだから、松本市へは近寄らないだろう。横尾で戸倉正一郎を殺したのは椿にちがいない。彼女は毎日、戸倉を殺《あや》めたことを後悔しているだろうか。彼に対して怨みは抱いていたが、殺すことはなかったと反省しているだろうか。彼女がなぜ戸倉を殺したのかは不明である。そのなぜのカギを握っているのは寺石のような気がする。その寺石を逃がしてしまった。

松本署は夜間、焼肉店のヤサカ亭を張り込むことにした。放浪者のような日々を送っているらしい寺石則人をつかまえたら、椿と連絡を取り合っているだろうことを追及することにしている。寺石は椿の隠れ家を知っていそうな気もする。彼女のほうも寺石と同様に、知り合いの家か店に寝泊まりしているのではないか。

松本署刑事課の三人は、出張先で不慮の死を遂げた八島雪男の葬儀に参列した。参列者の後方に、三船課長がいったとおり、鎌倉署員が二人立っていた。

簡素な葬儀はすんだ。平安商事の寺石社長が参列者に挨拶をした。

道原と吉村とシマコは、出張してきた鎌倉署員に会った。

「殺されていた八島雪男は、横浜市へ出張したことになっていたのに、殺されて発見されたところは、鎌倉市内でしたね」

道原が福田《ふくだ》という恰幅のいい四十代半ばの鎌倉署員にいった。

「国道一三四号に沿っている、江ノ島電鉄七里ヶ浜駅近くの駐車場です」

鎌倉は横浜市とは隣接だがと福田はいった。

「地図を見ましたが、海沿いの景色のいいところのようですね」

「ええ、斜め右手に緑の江の島がある相模湾に面しています。江ノ島電鉄の後ろ側は緩やかな斜面で、一般住宅や別荘が建ち並んでいます。広い海が見渡せるとても景色のいい場所です」

「江の島か。一度は行ってみたいと思っているところです」

「江の島は藤沢《ふじさわ》市です。相模湾へ流れ出る境《さかい》川のすぐ近くに小田急《おだきゅう》の片瀬江ノ島《かたせえのしま》駅があって、そこから江の島弁天橋《べんてんばし》を渡ります。島内には展望台や神社がいくつもあるし、ホテルもあるし、海越しに富士山を眺められます。磯料理の店が並んでいて、一年中賑わっています。歩いてみると結構広いです」


福田は目を細めた。

彼は真顔になって、

「八島雪男は、横浜へどんな用事で出張したのでしょうか」

といった。

道原が答えた。

「商談がこじれたのでしょうか」

「商談がこじれたのだとしても、殺人までは」

道原は首を振った。彼は、商談とは嘘だろうとにらんでいる。もしかしたら社長は、寺石則人に会いに行かせたのではないか。則人の実兄である社長は、則人が松本をはなれて、どこへ行ったのかを知っているのではないか。

道原が福田と向かい合っていると、後ろからシマコが腰をつついた。道原は振り向いた。

「八島雪男は、社長にいわれて、則人にお金を届けに行ったのではないでしょうか」

「そうか。考えられるな。銀行へ振り込んだりすると、記録が残る。現金を手渡しに行ったのか」

　道原がいったことをきいた福田もうなずいた。

　平安商事の社長の寺石鉄造は、社員の八島は横浜へ行ったと道原にいったが、じつは鎌倉へ行ったのではないか。鎌倉市内の災難に遭った地点の近くへ行ってだれかに会った可能性が考えられる。

　道原は、刃物で腹を刺された八島雪男の遺体をあらためて想像し、凶器はなんだったかを、福田にきいた。

「司法解剖を担当した先生によりますと、出刃包丁らしいということでした。ナイフよりも幅のある物でしたから」

「刃の角度は」

「やや左斜め下です」

「刃は下向きなんですね」

　念を押した。

「はい。下向きです」

　福田は、なぜ凶器の角度にこだわるのかという顔をした。

2

　平安商事社員の八島雪男は、鎌倉市の七里ヶ浜で殺害された。長野県大町市に住んでいる者が鎌倉市の海辺へ行った。彼はだれかに会うためにそこへ行ったか、あるいはだれかにそこへ誘導されたかだろう。車に乗せられていったことも考えられる。海辺の駐車場には人影はなかったにちがいない。岸壁に嚙みつく波の音しかきこえない場所のような気がする。

偶然だが新聞に七里ヶ浜の写真が載っていた。地球温暖化の影響で、七里ヶ浜の一部で砂浜がなくなり、海水浴場も閉鎖されたとあった。写真では白い波が直接岸壁で飛沫をあげている。

道原は、寺石則人が勤めていた中学校から、彼が正面から映っている写真を手に入れた。それを鞄《かばん》に入れて、吉村とともに、八島が無念の死を遂げたにちがいない現場へ立ってみることにした。

五月二十三日、少し風があったが、天気はよさそうだ。道原と吉村は松本から早朝の列車に乗ると目を瞑った。新宿で湘南新宿《しょうなんしんじゅく》ラインに乗り替え、大船《おおふな》で降り、レンタカーを調達した。鎌倉署員から事件現場への地理をきいていたので、そこへ着くことができた。七里ヶ浜駅が国道より一段高いところにあって、緑色の電車が停車していた。線路の後ろ側には高級感のある住宅が建ち並んでいる。保養所らしい白い壁の建物もあった。海側には灰色の岸壁が長くつづいている。その先は大海原だ。

事件現場は四メートルほどの四方にロープが張られ、そこをにらむように制服警官が立っていた。道原と吉村は若い警官に挨拶した。

「遠方から、ご苦労さまです」

警官は敬礼した。

駐車場の隅には箱を伏せたような建物があった。トイレだった。

道原たちは、八島雪男が倒れていた現場を撮影してから岸壁へのぼった。右手にこんもりとした緑の江の島が、長い橋で陸地とつながっていた。島の中心部の森林帯から灯台風の展望タワーが天を衝《つ》いている。

ここへくる前に道原は「江の島」を資料でざっと読んでいた。

「江の島は神奈川県藤沢市にある湘南海岸から相模湾へと突き出た最高標高六〇・四メートルの陸繋島《りくけいとう》である。島全体を指した町名は片瀬地区。全域で住居表示がされていて、江の島一丁目、江の島二丁目がある。

湘南を代表する景勝地であり、古くから観光名所とされている。島は穏やかな形をしておらず、波に浮く蛸《たこ》のよう」

道原と吉村は鎌倉署を訪ねた。署の入口には「七里ヶ浜殺人事件捜査本部」と黒い字の戒名が外をにらんでいた。

捜査本部の指揮官は桜川《さくらがわ》という刑事課長で、髭の濃い五十歳見当の好男子だった。

桜川は、わりに広い応接室へ道原と吉村を招いた。

八島雪男は殺害された日の夜間に、七里ヶ浜の駐車場へ、何者かに車で連れてこられたのだろう、と桜川課長はゆっくりとした口調で説明をはじめた。

「八島を殺害した犯人は、犯行の前日あたりに犯行現場の駐車場へきています。なぜそれが分かったかというと、防犯用の監視カメラの目であるレンズを、星空へ向ける工作をしていました」

犯行を撮られないための準備をしていたのだった。

「犯行現場の駐車場の片瀬海岸寄り約三〇〇メートルの道路に防犯カメラが設置されています。犯行当夜の三十分ぐらい前に、中型乗用車がゆっくり道路右端を走っています。その車が八島を乗せてきた車両だと思われます。なぜそれが分かったかというと、前後のナンバープレートを白い布でおおっているんです。大事件を起こすので、犯人は用意周到だったんです。したがって、車種は判明しているが、ナンバーからの車両の特定はむずかしそうです。……八島の死亡推定時刻は、五月十七日午後九時ごろです。……ナンバーを布で隠した乗用車は、藤沢方面からきて、藤沢方面へもどっています。したがって、八島雪男殺しに関与した者は、片瀬海岸か鵠沼《くげぬま》海岸方面に潜んでいることが考えられます」

道原と吉村は、指揮官の見解をメモした。

「八島雪男は、長野県大町市の人ですね。湘南へはどんな用事できたのでしょうか」

「推測ですが、松本市内に住んでいた寺石則人という男に、現金を渡しにきたのだと思います」

寺石則人は大町市の資産家の息子で、松本市内で中学校の教師をしていた。だが、妻と二人の娘がいながら、二十三歳の女性と恋仲になった。二人はたびたび会っていたらしい。そのことが世間に知られ、「教育者が」と、非難されたことから勤務先の学校へも出勤せず、自宅へも帰らなくなった。

寺石は恋仲の沼田椿と連絡を取り合っているはず。椿には殺人容疑がかけられており、逃げまわっている。したがって金に困ってもいる。彼女は寺石に現金の援助を要請したものと思われる。寺石は、彼女が潜んでいる場所へいき、大町の実家へ、「現金を届けてくれ」とでも懇願した。寺石の兄は弟の頼みを呑んで承知し、社員の八島雪男に現金を持たせた。

「八島は現金を寺石に手渡した。それで役目がすんだのに、なぜ殺害されたのでしょうか」

　道原は首をかしげた。

「推測ですが、寺石は潜んでいる場所を、八島に知られた。大町へもどった八島は、警察から、どこへなにしに行ってきたかをきかれる。口封じのために犠牲にされたんじゃないでしょうか」

「血も涙もない」

　吉村がつぶやいた。

「八島を殺《や》ったのは、寺石ではないかも」

　桜川は瞳をくるりと動かした。

「寺石ではないとすると、沼田椿……」

　道原は宙の一点をにらんだ。

　横尾で戸倉正一郎を殺したのは椿にちがいない。血も涙もない人間は、沼田椿ではないか。道原は会ったことのない椿の顔と姿を想像した。世間からは器量よしといわれているが、胸の奥には氷を抱いている女なのかもしれない。

「椿だろうな」

　道原は独り言をいった。

　八島は、社長からいわれて寺石に現金を届けた。寺石からは、「ご苦労さまでした」といわれたにちがいない。それを傍《はた》から見ていた椿は、「危ない」と感じた。大町へもどった八島は警察から、「どこでだれに会ってきたか」ときかれる。八島は、湘南のどこそこで、寺石と椿に会ったと答える。これは命取りになる。八島を生かしたまま大町へ帰すわけにはいかない、といって出刃包丁をつかんだのは椿だった。八島から現金を受け取った寺石と椿は、居場所を変えるために、それまで縁のなかったところへ逃げればよさそうなものだがそれをせず、湘南のある場所に居すわっていたがったような気がする。湘南のある場所は、二人にとって恰好の隠れ家だったとも思える。

「寺石と椿は、いまも同じところに住んでいるでしょうか」

道原が桜川にきいた。

「住所を知った者を葬ってしまったのですから、いまも同じ場所に住んでいそうな気がします」

鎌倉署は藤沢署とともに、片瀬海岸、鵠沼、辻《つじ》堂《どう》地域などを詳しく調べることにしているという。

道原と吉村は、八島雪男が無念の死を遂げた駐車場へもどった。八島は、まさか殺されるとは露ほども思っていなかったので、寺石と椿が乗っている車に同乗した。「朝は波の音で目を醒ましそうなホテルへ」案内するとでもいって車に乗せたのだろう。

殺人現場となった駐車場を右目に入れて、道原と吉村はふたたび、コンクリートの岸壁の上へ立った。右手には緑の江の島が押し黙っている。島内は観光客でにぎわっているのだろうが、ここで眺める島からはなんの物音も伝わってこなかった。

「島の奥側は切り立った岸壁で、「江の島岩屋」と呼ばれている洞窟があって、与謝野晶子《よさのあきこ》の歌碑……」

道原は資料を書き取ったノートを開いた。

「沖つ風　吹けばまたゝく蠟《ろう》の灯に　志づく散るなり　江の島の洞《ほら》」

目を沖へやった。貨物船らしい黒い船が東へ向かっていた。水平線には白い雲が横たわって、山脈のように見えた。二人はしばらく、殺人事件を忘れた。

二人は、夜の特急列車で松本へもどった。旅には馴れているつもりだったが、今夜はからだの揺れが長くつづいていた。

3

刑事課の窓辺に立っていると、丸い背に杖を突いた老人が署の玄関へ向かっていた。

「沖島ハナだ」

道原はつぶやくと、階段を駆け降りた。

きょうのハナは、スーパーマーケットの従業員と一緒ではなかった。彼女は独りで署へ入ると、受付の女性職員と向かい合っていた。

職員はハナと会話しながら、一階奥の相談室へ入った。

道原が入っていくと、ハナはにこりとした。彼は、「きょうの用事は」と目できいた。

彼女は、布袋から小さな筒のような物を取り出し、

「押入れのなかをさぐっていたら、これが出てきました」

それは古びた巻物だ。茶色の布に細い紐が巻かれている。一目見て古文書だろうと判断した。

「直絵に見せたら、一文字も読めないっていわれたので、道原さんならと思って」

道原は巻物をそろそろと開いた。変色がすすんでいるような厚い紙に墨で書かれている文字は変体仮名で、読めない文字が多く、意味不明である。

「私も読めません」

吉村が入ってきた。彼も古文書に目を落としたが、四文字か五文字しか読めないといった。

「大学の有賀《あるが》先生に見てもらいましょう」

有賀教授は古文書学研究の権威だ。吉村は古文書をバッグに入れて署を飛び出していった。

吉村は一時間あまりして署へもどってきた。

その間、ハナは相談室のテーブルに額を押しあてて居眠りをしていた。ハナの顔をあらためてよく見ると、両方の眉に白くて長い毛が四、五本生えている。

　有賀教授は、ハナが持ってきた古文書を読んで、訳文をパソコンで打ってくれたという。

「江の島の大工・沖島弥兵次《やへいじ》は、江の島の老舗旅館・名泉閣《めいせんかく》の主人から、旅館を増改築するので、その建材を仕入れてくるようにと依頼され、松本へ赴いた。彼は山林の持ち主や製材業者にあたって、良材を集め、製材にして江の島へ送った。

　名泉閣の増改築は完了したが、弥兵次は、みごとな紅葉と、ちらつく雪を見て、松本に住むことにして江の島へはもどらなかった。松本でマキという女性と知り合って、所帯を持った。大工仕事を請け負って倹《つま》しいくらしをつづけ、ハナという娘を得る」

　これを道原が読んでハナにきかせると、彼女は目を閉じてきいていたが、

「わたしの父と母は、早死にしたが、父の弥兵次が藤沢というところの生まれで、仕事の都合でたびたび江の島へ行っとったことを、きいた憶えがあります。海に囲まれた温かい土地で、魚を釣って食べとったと、何度もきかされておりました。……わたしは江の島へは行ったことがないので、一度は行ってみたいと思っております」

　九十二歳の彼女は、有賀教授の訳文を両手で持って、首を縦に振った。

「お天気のいい日に、車で江の島へ連れていってあげましょう。じつは私もいったことがない。島には、神社や寺がいくつもあって、観光客向けの店が何軒もあって、一年中にぎわっているそうで

す」

道原はハナの顔を見ながらいった。

「そんな約束をして」

珍しく吉村が下唇を突き出した。「一般の人を観光に連れていったことが、県警本部の幹部の耳に入ったら、なにをいわれるか分かりませんよ」

「事件が解決してからのことをいっているんだ」

「江の島って、海水浴場だと思っていましたけど」

ハナは、海の風景でも頭にひろげているようだ。

「海水浴場もあるでしょうね。島のまわりは海ですから」

「島に旅館があるのを、知らなんだ」

ハナは、父親が携わっていた仕事を想像しているようだった。

彼女は、古い巻物と訳文を手提げに入れて、「よいしょ」といって腰を上げた。

「ご自宅へ車で送りましょうか」

吉村がいうと、

「いいえ、大丈夫。スーパーで買い物をして、帰りますので」

彼女を道原と吉村は、署の玄関まで送った。彼女は玄関を一歩出たところで急に足をとめると、二人を振り返って、

「沼田さんは、家へ帰ってきたんですか」

沼田椿のことである。ハナは直絵から椿が行方知れずになっているのをきいていたのだろう。

「いいえ」

道原と吉村は同時に答えた。

直絵は椿のことをハナにどう話しているのか。ハナは直絵と親しかった椿に会ったことがあるにちがいない。彼女は他人の消息についても関心を

持っているようだ。道原と吉村は、とぼとぼと前庭を出ていくハナを見送った。頭脳も足取りもしっかりしているようだ。だが彼女は、ときどきスーパーや書店で、商品を失敬する。「欲しい、食べたい」という突然起こる衝動に克《か》てなくなっているらしい。

　鎌倉署の捜査本部は、八島雪男殺しの犯人は、藤沢市かその周辺に住んでいる可能性があるとみて、藤沢署と合同で不審者を探っているという情報が入った。松本署はそれを黙って見ているわけにはいかなかった。八島殺しには、沼田椿と寺石則人が嚙んでいるとにらんでいるからだ。

「沼田椿と寺石則人の写真をつかんで、独自に捜査をする必要がある」

　三船課長は鬼のような目を光らせた。

　戸倉正一郎と八島雪男殺しに関係があるかは不明だが、沼田椿の家へ一人の女性が同居しているという情報が入った。その女性が同居し始めたのは、椿がいなくなってかららしい。

　松本署は殺人の容疑を背負っている娘の家に同居した女性の正体に関心を持って、同人に会った。その女性の氏名は沼田和世《かずよ》で、四十六歳。

　捜査員は、彼女がどこに住んでいたのかを尋ねた。すると彼女は、富山市の万能《まんのう》薬品という会社に勤務して、同社の寮に入っていたと答えた。

　万能薬品に問い合わせた。沼田和世はたしかに同社に長年勤務していたが、半年前に退職し、寮を出ていったという答えが返ってきた。退職後、どこへいったかは不明だともいわれた。

　彼女は四十六歳で独身だった。身長は一六〇センチくらいで、目鼻立ちがはっきりしていて、ややきつい目をしているが、清潔感のある人で、人当たりがよかった。勤務中に事故を起こしたこともない。彼女に好意を抱いた男性社員がいたが、「お付合いする気にはなれませんので」といって断ったという。

彼女から突然、退職したいといわれた会社は、その理由をきいた。すると彼女は、出生地の松本へもどりたくなった。松本には係累もいるし、知り合いもいるので、と曖昧なことを答えた。

彼女が万能薬品を退職したのは、半年前だったが松本の沼田家へ同居したのは最近で、椿の行方が分からなくなってからだ。彼女はこの数か月、どこにいたのかと捜査員はきいた。すると彼女は、しばらく富山にいて松本にきてからは勤務先をさがしていたと答えた。

勤務先は見つからなかったのかときくと、決まっていない、目下、就職活動中だと答えたという。

「その女は怪しい。目をはなすな」

課長はいうと、道原にその女性に会いに行けといった。

道原は吉村を連れて、市内城山の沼田家のインターホンを押した。三、四分経って、蒼白い顔色の淳子がドアを開けた。いかにも病み上がりといった顔で、肌に艶がない。

沼田和世さんに会いたいと道原がいうと、

「出掛けております」

と、上目遣いで答えた。

「どちらへ行ったのですか」

「それは知りません。就職先をさがしているのです」

「では、ハローワークへでも」

「そうだと思います。それから住むところも」

「和世さんは、富山の会社を半年ほど前に辞めている。こちらへ同居するまでの間、どこに住んでいたのでしょうか」

「富山にいたといっていました」

「今夜は、こちらへ帰ってくるでしょうか」

「帰ってくると思います」

　夫の増穂は会社へ出勤しているのかときくと、

「きょうは、会社へ行きました」

　と答えた。交通事故に遭って怪我をした。その後遺症で週のうち二日は自宅で過ごしているという。

「奥さんの体調は、いかがでしょうか」

「きょうはわりに気分がいいですけど、日によっては胸がざわざわとして、気分が悪く、起きていられないことがあります」

　彼女は胸にあてた手を上下させた。


　松本署は、沼田和世の動向に関心を抱いた。彼女は、離婚後長年勤めていた富山の会社を辞めて松本へきて、兄増穂の家へ最近同居した。同居するまでの間に何か月かのブランクがある。どこでなにをしていたかが分かっていない。

　捜査員は交代で夜通し、沼田家を張り込むことにした。和世が帰ってきたら、どこで、なにをしていたかをきくことにした。

　道原と吉村は大町市の寺石家を訪ねた。先日、則人の兄鉄造に会って、八島雪男の出張の目的をきいたが、埒《らち》が明かなかったので、きょうは母屋で則人の父親である貫太郎《かんたろう》に会うことにした。母屋の門は檜の柾目《まさめ》を活かした重厚な構えだ。

　門を開けたのは五十歳ぐらいの家事手伝いの女性で、「旦那さまは、お昼寝をしていらっしゃいます」といった。

道原たちが母屋の玄関へ立つと、四、五分経って貫太郎があらわれた。栗の実のようなかたちの顔は、湯上りのように赤かった。二人の刑事を見て、眉をぴくりと上下させ、

「ご用はなんでしょうか」

ときいた。

「八島雪男さんは、商談をするために横浜へいったということですが、私たちにはその話は納得できません。あなたは八島さんの出張目的を、正確に知っておいでになるのでは」

「知りません。私は平安商事の会長ということになっていますけど、業務には就いていないし、社員の仕事を見ているわけでもありません」

貫太郎は一瞬目を逃した。

「則人さんがどこにいるのかを、ご存じでは」

「知りません。女房子どもを置き去りにして、困ったものです」

「則人さんは、一時、松本市内や安曇野市内でぶらぶらしていたが、沼田椿さんと連絡を取り合って、現在二人は一緒にいるものとみています。……どこへ行くにもなにをするにも金が要る。それで則人さんはあなたか鉄造さんに電話して、現金を持ってきてくれと要請した。それで現金を社員の八島さんに持たせた。そうですね」

道原は一歩、貫太郎に近寄った。

「いいえ。則人からはなんの連絡もない。いまどこにいるのかも分かっていない」

貫太郎は、二人の刑事を追い返すように顔の前で手を横に振った。しかし、赤みがさしていた顔は強張り、額は蒼くなった。使いに走らせた社員の八島の死に顔でも、浮かんだのではないか。

「八島さんは、なぜ殺されたか、分かりますか。

夜の駐車場で、出刃包丁で、腹を刺されたんですよ。あなたか鉄造さんにいいつけられて、則人さんに会いに行った先で」

　道原は、顔を伏せた貫太郎の頭をひとつ殴ってやりたかった。

4

　松本市城山の沼田家に同居していた、沼田和世が帰宅しなくなった。椿の母淳子の話では和世は就職先をさがしているということだったが、それは嘘かもしれなかった。

　和世は、松本市内かその周辺のどこかへ住むことにした、ということも考えられた。

「逃がしたな」

　三船課長は下唇を噛んだ。

　捜査員は、沼田家を出た和世を尾行していたのだが、彼女はそれに気付いてか、あるいは警戒していて、カフェに入ったきり、その店から出てこなくなっていた。つまり入口から店内へ入ったが、裏口から抜け出たのだった。

　捜査員の尾行を予想していたのだとしたら、彼女の外出目的は職さがしではなかったということになる。

　捜査員は、沼田家の全員の行動に注目した。

　主人の増穂は体調のすぐれない日は会社を休んで、自宅にこもっていた。六月七日は出勤した。捜査員は彼の帰宅を尾けることにして、会社近くの店で食事をした。

　終業時間になった。が、増穂は会社を出てこなかった。捜査員は、増穂が残業しているのかを居残っている社員にきいた。

「沼田は、きょうは病院へ行くといって、午後一時に早退しました」

といわれた。

「逃げられた」

捜査員は自宅へ押しかけた。

「主人はまだ帰ってきません」

椿の母の淳子が蒼い顔をして答えた。

「会社を早退しています。どこへ行ったのでしょうか」

「分かりません」

午後八時を過ぎたが増穂は帰宅しなかった。夜通し見張っていたが、彼は帰ってこなかった。

捜査員は淳子に、増穂のケータイの番号をきいて掛けた。が、電源が切られていた。意図的に通信不能にしているようだ。

「沼田家から目をはなすな」

課長は、交替で二十四時間、沼田家に張り付くことを命じた。

朝、家を出て、夕方帰宅しているのは、椿の妹の綾乃である。彼女は大学生だ。いつ見ても無表情の白い顔だ。

「どこかで、重大なことが起こっている」

課長は顎を横にこすっていたが、道原を手招きした。

「沼田椿、寺石則人、沼田和世、そして沼田増穂の四人は、どこかで一緒にいるような気がする。なぜ一緒にいるのかというと、単独だと心細いからだ。それと、四人で知恵をしぼって、なにかをやろうとしているんじゃないかと思う」

「なにかとは、なんでしょうか」

道原がいった。

「事業だろうな。寺石が事業をやりたいといえば、大町の実家は資金の都合をつけそうな気がする」

「事業。どんな事業でしょう」

「人と接触しなくていい事業……」

「それを、どこではじめるかだな」

神奈川県警の指示で、鎌倉、藤沢、茅ヶ崎の各署は、四人の隠れ家をさがしている。

「アパートか、マンションか。あるいは空き家。もしも四人が一緒に住むとしたら、戸建ての空き家じゃないでしょうか」

吉村がノートに目を落としながらいった。

「四人が一緒だと怪しまれるので、べつべつのところに住んでいると思う。そしてすぐに集合できる範囲」

道原は気付いたことをメモした。四人がはじめるとしたらどんな事業かを考えた。四人のうちのだれかには、特殊な技術を身に付けていそうな者はいないようだ。はじめる事業によっては身元を明らかにしなくてはならない。

松本署は毎日、沼田増穂の勤務先へ、出勤しているかを問い合わせている。が、彼はこの二週間、無断欠勤をつづけ、なんの連絡もないという。自宅には妻と大学生の綾乃がいるが、増穂からは電話もないという。しかしそれは信じられない。どこへ行って、なにをしているのかは分からないと捜査員に話しているが、それを信用している者は一人もいない。

道原と吉村は、淳子に会って、

「ご主人は、どこへ行って、なにをしていると思いますか」

ときいた。

「連絡がないので、分かりません。不安で不安で、夜も眠れません」

淳子は胸に手をやって、かすれ声で答えた。

綾乃にも同じことを尋ねた。

「母とわたしは、棄てられたような気がしています。姉も父も、家に残っているわたしたちのことを考えていないのでは、と思っています。この先、この家はどうなっていくのか。……実情を人に話せないし、毎日が凍えそうなんです」

彼女は、血の気の失せた顔をした。


新聞はあらためて沼田椿に関する記事を載せた。彼女は、教師の寺石則人と一緒に、一か所にとどまらず、あちこちを転々としているのではないかと推測を書いていた。

この記事が載った翌々日、松本署へ富山市に住む男性から電話通報があった。

「名古屋駅の近くで、富山の会社で同僚だった沼田和世さんを見かけました。彼女は五十歳見当の男性と一緒に歩いていました。私が声を掛けると、沼田さんは男性と手をつなぐようにして走り出しました。私の顔を一目見て逃げていきました。なぜ逃げるのか私には理解できません」

といった。

「名古屋か。沼田和世と一緒に歩いていた五十歳ぐらいの男は、彼女の兄の増穂だろう。名古屋で、仕事でもさがしていたのかな」

道原は、二人がなにをしようとしているのかを想像した。就職先をさがしていたとは考えられない。なぜなら、増穂には勤務先があるのだ。勤務中に交通事故に遭ったので、体調のいい日だけ出勤していたが、ここ何日かは休んでいた。そういう者が名古屋にいた。

松本の沼田家からは一人ずつ消えていった。横尾で戸倉正一郎を殺したにちがいない椿。同居人だった和世。そして主《あるじ》である増穂。そのうちに増穂の妻の淳子も、次女の綾乃も姿を消しそうな気がする。姿を消すというのは行き先があるからではないか。それがどこかは不明だが、松本から遠くはなれた土地ではと、道原は推測している。

「沼田和世を名古屋市内で見掛けた」という情報が間違いでなければ、増穂と和世の兄妹《きょうだい》は、椿と接触していそうだ。椿は寺石則人と同じ屋根の下にいるにちがいない、寺石は大町の実家からの援助で、旨い物を食っていそうだ。

　四人は一緒になってなにかをやろうとしているのではないか。そのやろうと案を練っているのは、四人が他人と直接接触しない商売だろう。

　富山市の人から松本署へ、名古屋駅の近くで、元同僚だった沼田和世を見掛けたという通報があった翌々日、松本市内に住む西浦眞治《にしうらしんじ》という男性が、署へ電話をよこした。

「さっき、つまり午後三時三十分ごろ、江の島の青銅の鳥居の脇で、寺石則人さんを見掛けました。声を掛けようとしましたけど、人混みで近づけませんでした」

　といった。

「寺石則人さんに間違いありませんか」

　電話に応じた署員はペンをにぎった。

「間違いありません。私は彼女と、あ、矢沢歌子《やざわうたこ》と一緒です。歌子は寺石先生を知りませんけど、私は寺石先生が勤めていた中学の生徒でしたので。寺石先生を見掛けたので近づこうとしました。ですが、すごい人混みで。先生は私に気付かないようでした。人をかき分けるようにして、すぐに見えなくなりました」

「その鳥居の近くは人混みなんですね」

「土曜のせいだと思いますけど、道幅がせまいのでまともに歩けないほどの混雑で、鳥居をくぐると、土産物の店が並んでいるところです」

西浦という男性からの通報はすぐに刑事課に伝達された。

「寺石は江の島にいた」

道原はつぶやき、西浦のケータイに掛けた。

「寺石則人の服装を憶えていますか」

「服装……。シャツ姿だったと思いますけど、はっきりとは」

「あなたは、現在どこにいますか」

「江島《えのしま》神社への階段の途中です」

「そこにしばらくいてください。寺石さんが通るかもしれない。通ったら呼びとめて、どこにいるのかをきいてくれませんか」

「お役に立てるかどうか」

西浦は小さい声でいって電話を切った。

寺石は独りだったようだ。服装ははっきりしないが、普段着だったのではないか。

道原の頭に浮かんだのは、七里ヶ浜の駐車場。そこで夜間に、大町の八島雪男は出刃包丁で腹を刺されて殺された。その現場と江の島は比較的近い。道原は駐車場から、手が届きそうな緑の江の島を眺めたのを思い出した。

三十分ほど経つと西浦が電話をよこした。いつまでも階段の途中に立って、鳥居の近くの雑踏を見つづけているわけにはいかないのだろう。道原は西浦に礼をいい、もしも寺石を見つけたら、会って話をしてもらいたいと頼んだ。

松本署は捜査会議を開いた。寺石則人が江の島かその近くに住んでいる可能性が考えられたので、所轄と連絡を取り合って付近を捜索することを決めた。道原と吉村のほかに四名が、江の島とその付近の捜索に向かうことになった。

　江の島は藤沢署管内。七里ヶ浜は鎌倉署管内だ。六名は、沼田椿、寺石則人、沼田増穂の拡大写真を持った。が、沼田和世の写真は手に入らなかった。

「四人は一緒に暮らしているのでしょうか」

　車のハンドルをにぎった吉村がいった。

「椿は寺石と一緒だと思うが、増穂と和世はべつの場所だろうな」

　椿は、横尾で戸倉正一郎を殺しているとにらんでいる。そういう女と寺石は一緒に暮らしているのか。もしかしたら平安商事の八島雪男を刺し殺したのも椿かもしれない。寺石は毎晩、枕を高くして眠っているのだろうか。

第五章　江の島

1

片瀬海岸の駐車場へ車を置くと、歩いて江の島弁天橋を渡った。歩行者用の橋だ。車を通す江の島大橋が並行している。日曜だからか若いカップルが何組も、はじけるような笑顔を向け合っていた。空はどんよりと曇っているが、海は蒼かった。

出発前に道原は、大町の平安商事の女性社員の耳に口を近づけて、

「八島雪男さんに持たせた現金は、いくらだった」

ときいた。

女性社員はテーブルの上の帳簿に目を落としたまま、

「銀行から引き出したのは、二千万円でした」

と、ささやくような声で答えたのだった。

道原は江の島の歴史に目を通している。

江の島弁天橋の長さは三八九メートル。初めて江の島に木橋が架かったのは明治二十四（一八九一）年。それまでは潮が満ちてくると、片瀬浜から江の島へ渡るには、舟か人足の背負いに頼るしかなかった。車道の江の島大橋（橋長三二四メートル）は、昭和三十九（一九六四）年に開催された東京オリンピックに合わせて造られたものとい

う。

　橋を渡ると藤沢市の指定重要文化財の青銅の鳥居をくぐった。人の数が増えてきた。江の島弁財天仲見世通りだ。間口のせまい商店が道路の両側にずらりと並んでいる。食堂もあるが土産物店が多いようだ。

　重厚な造りの旅館の岩本楼《いわもとろう》があった。江戸時代までは岩本院といわれ、弁天社の本宮をあずかった一山の総別当だった。若い観光客はこの建物にはまったく関心がなさそうだ。

　寺石則人を見掛けたといって署へ電話をくれた西浦という青年は、青銅の鳥居のすぐ近くから仲見世通りを抜けて、江島神社への石段あたりに立って、寺石を見つけようとしていたようだ。

　単独で歩いていたらしい寺石は、人混みにまぎれて見えなくなったというが、彼はこの辺に住んでいるのだろうか。

　道原と吉村は、島の奥に向かっている広い道路の右側を歩いた。大型のウィンドーに丼物や色鮮やかな刺身などのサンプルを陳列している磯料理の店が何軒も並んでいた。生きたアワビやサザエの桶《おけ》を並べている店もある。

　左前方にヨットハーバーが見えた。塀の向こうにマストが林立している。一九六四年の東京オリンピック開催のさい、日本で初めて造られた競技用ハーバーだ。その沖のほうではヨット教室が行われているのか、十隻近いヨットが白い帆を揺らしていた。右前方にはサーフィンのプールがあった。

　人通りが少なくなった。歩行者や車を運転している人を注意ぶかく観察した。

　突き当りの岸壁の上を歩いている人を見たので、

道原たちも壁へのぼった。さえぎるもののない大海原だ。ところどころに暗い色の部分がある。空の雲を映しているのだろう。

　江の島サムエル・コッキング苑《えん》（展望灯台）へ入った。国際交流をテーマに藤沢市の姉妹友好都市コーナーが設けられている庭園だ。苑内には南洋植物や四季折々の花が植えられていた。敷地内にある、高さ五九・八メートル、海抜一一九・六メートルの展望灯台に立った。南に大島《おおしま》、西に富《ふ》士山《じさん》、東に三浦《みうら》半島を眺めた。

　剝《む》き出しの大岩壁を見上げた。見ているうちに白い岩が抜け落ちてきそうだ。

　島の西南端に稚児《ちご》ケ《が》淵《ふち》と名付けられた岩場があった。鎌倉相承院の稚児白菊《しらぎく》が、この淵に投身したことに由来しているという。そこから眺める晴れの日の夕景はみごとで、神奈川の景勝五十選にも指定されている、と資料にあった。

　江の島を一周した。岩場で釣りをしている男たちに近寄ってその横顔を盗み見たが、寺石則人も、沼田増穂もいなかった。

　道原たちは江の島ホテルに泊まった。鎌倉市内と藤沢市内で聞き込み捜査をしている四名から電話があって、沼田椿ら四人に関する情報は拾えなかったという。道原たちも同じだった。

　夕食後、ホテルを出て、人通りのまばらになった弁財天仲見世通りや、ヨットハーバー付近を見回ったが、怪しい人物は目に入らなかった。

　次の日も道原と吉村は、青銅の鳥居をくぐったり引き返したりし、弁財天仲見世通りをゆっくり歩き、土産物店をのぞいたり、江島《えのしま》神社に参ったりした。人出は昨日より少なかった。観光客は比較的若い人たちだ。男女が手をつないだまま土産物店へ入ったり、歩きながら団子を食べている。

　仲見世通りの小さな郵便局の前へ立ったとき、道原より一、二歩後ろを歩いていた吉村が、大声で道原を呼んだ。

　道原は後ろを振り返って、「寺石か」と吉村にきいた。吉村は両手の拳を固くにぎって地団駄を踏んだ。会ったことのある男を見掛けたが、だれだったのかを思い出せないといった。

「落着け。その男はどこに……」

「振り向いたら、三、四メートル後ろに。路地に入ったのだと思います」

「寺石か沼田増穂じゃないんだな」

「ちがいます。だれだったか」

　吉村は両手を頭にのせた。

　見覚えのある男が入ったと思われる路地へ入ってみた。細い道と溝が並行していた。緑色のゴミバケツがいくつも並んでいて、男がどこへ入ったのかは分からなかった。

「思い出した」

　吉村が叫んだ。

「だれだった」

「松本のヤサカ亭のマスターです」

　松本の裏町通りの焼肉店の竹下というマスターだ。

「間違いないか」

「間違いありません。一度会ったマスターです」

　ヤサカ亭へは放浪者のようになっていた寺石則人が、店の従業員が着替えなどに使っていた小部屋へ何日間か泊まっていた。そのことを裏町のスナック金将のマスターからきいたので、確認に行った。それは一か月あまり前のことである。

「ヤサカ亭のマスターは、江の島へ観光にきたのかな」

道原は吉村に、竹下の服装をきいた。黒っぽいシャツを着ていたようだと、吉村は自信なげな返事をした。

吉村が見掛けた男が竹下だとしたら、彼はなんの目的で江の島へきたのか。彼は寺石と親しい仲だ。寺石に招《よ》ばれてやってきたのだろうか。そうだとしたら、寺石は仲見世通りの付近に潜伏している可能性がある。

道原は松本署に電話した。シマコが応えた。

「あんたは、裏町通りのヤサカ亭を知ってるか」

「はい。食事をしたことのある店です」

「そこへいって、マスターの竹下がいるかをきいてくれ。いないといわれたら、どこへ行ったかをきくように」

シマコは、ヤサカ亭が店を開く午後五時に訪ねるといった。

道原と吉村は、江島神社への石段の赤い鳥居の下に立って、仲見世通りを歩く人や、石段を昇り下りする人たちを観察していた。

神社を参拝する人は昨日より少ないが、それでも参詣者は列をなしている。江の島は人気のある観光地であることをあらためて知った。

石段を下り、岩本楼の石垣の前へ立ったとき、シマコが電話をよこした。

「ヤサカ亭のマスターは、旅行中ということでした」

「どこへ行ったのか」

「それは知らないといわれました。あしたは店へ出てくるそうです」

仲見世通りから細い路地へ消えた男は、マスターの竹下だったのだろう。彼は観光客ではない。寺石に招《よ》ばれて江の島へきたことが考えられる。

「寺石は、この江の島のどこかにいる」

道原は、寺石則人の自宅へ電話した。呼び出しベルが五つ鳴って、「はい」と応じたのは、則人の妻の季美だった。彼女は則人のことを、「もうあの人を夫だとは思っていません」といった人だ。

「寺石さんは、江の島に縁があったでしょうか。それとも、江の島に知り合いでも」

「江の島とおっしゃいますと、湘南の……」

「そうです。神奈川県の藤沢市です」

「さあ、きいたことがありません」

「寺石さんは、江の島へ行ったことがありましたか」

「なかったと思います。彼から江の島の地名をきいたこともなかったような気がいたします。……江の島がなにか」

彼女は首をかしげているようだ。

「あなたは、裏町通りのヤサカ亭をご存じでしょうか」

「知っています。彼の知り合いがやっている店で、子どもと一緒に何度か焼肉を食べに行きました」

「その店のマスターを、江の島で見掛けました。それで寺石さんは、江の島にいるのではないかと気付いたんです」

「松本の竹下さんが、江の島に……」

彼女はまばたきしながら、天井を仰いでいるようだ。

道原は、気付いたことがあったら電話をいただきたいといって、切った。彼女は夫の寺石の姿を頭に浮かべているのではないか。もう夫とは思えない、といっているが、日に何度かは寺石則人の姿が頭をよぎるにちがいない。どんな服装で、なにをしているかを考えるときもあるだろう。二人の娘から、「お父さんはどこにいるのかしら」といわれることもありそうだ。

　きょうも道原と吉村は、磯料理の店の前を通って、ヨットハーバーまで行った。歩いてきた道を振り返ると、小高い緑の山の中腹にはかたちのよい白壁の家が何軒も建っていた。

　突き当たりの岸壁にのぼった。蒼い海原の先の水平線に黒い点が二つ三つ見えた。それは沖を行く船にちがいなかった。岸壁から黒い岩が突き出ていて、釣り人が二人竿を握っていた。

　岸壁の上には背中が黒で腹が白い猫がいた。道原が呼ぶと、ちらっと顔を見ただけで遠ざかった。

　きょうは弁天橋を渡って、江ノ電江ノ島駅まで行った。駅は街の中心地だ。緑色の電車がやってきて、小学生らしい子どもの団体を降ろした。運賃表を仰ぐと江ノ島駅から三つ目が七里ヶ浜駅だった。夜の駐車場が頭に浮かんだ。暗い駐車場で車を降りた大町の八島雪男は、そこへ連れてきた者に腹を刺されて倒れた。社長にいわれて現金二千万円を、寺石則人に渡したあとだ。刃物が刺さった腹を押さえて彼は、加害者に向かって、「なぜだ」と咆哮《ほうこう》したにちがいない。

　加害者は間違いなく湘南地域の鎌倉市か、藤沢市か、茅ヶ崎市あたりにいる。それを知られた。口封じが、加害者の殺害動機だろう。

　道原は、藤沢から鎌倉までの江ノ電の運賃表から目をはなして、歩きはじめた。単線の線路は、街の道路の中央を真っ直ぐに延びていた。

　沼田椿、寺石則人、沼田増穂、沼田和世の四人

は、この街の一画で、事業でも計画しているのではないか。道原と吉村は、左右に目を配りながら江の島へ向かって、ゆっくりと歩いた。雨が落ちてきた。空を怨んだが、傘をささなかった。

2

　道原と吉村は江の島に三泊して、同僚捜査員と交替した。

　翌朝、道原は薄曇りの空を仰ぎながら出勤した。と、受付係の女性職員に、

「十分ほど前に沖島ハナさんが見えて、道原さんに会いたいといったので、相談室へ案内しておきました」

　といった。

「ハナさんは独り」

「お独りです」

　手にしていた杖を受付係にあずけて、相談室へ入ったという。

　道原が朝の挨拶をすると、ハナは腰掛けたまま首を動かした。なにも持っていなかった。

　用事はなにかと道原がきくと、

「絵が出てきたんです」

　といった。

「絵が出てきたとは……」

「使っていないいちばん奥の部屋の押入れで、直絵が幾重にも紙で包んだ物を見つけて、紙をはがしてみたら、額に入った絵だったの」

「大きい絵ですか」

　ハナは両手を広げた。絵の幅は四、五〇センチあるということだろう。なにが描いてあるのかときくと、農家の男が鍬《くわ》を持っているという。農作

業をしている男性を描いたものらしい。絵は立派な額に収まっているし、高価な物かもしれないので、それを道原に見てもらいたいのだとハナはいった。

　吉村が運転する車にハナを乗せた。後部座席のハナは念仏を唱えるような声を出していた。

　いつ見てもハナの居宅は大きい。彼女はこの家に直絵と二人きりで暮らしている。一階に六室、二階に四室ある。ハナは、「よいしょ、よいしょ」といいながら、道原と吉村を二階の奥の部屋へ招いた。

　押入れに入っていた物は茶色の紙に幾重にも包まれていた。ハナがいったとおり油絵は重厚な額に収まっている。畑の中で鍬を持った農夫が額の汗を拭いながら、遠くの連山を眺めている構図だ。畑の隅にはリヤカーが置かれているが、作物は描かれていない。ミレーの「種をまく人」や「落穂拾い」を連想した。絵の左隅には「吾郎《ごろう》」のサインがあった。絵の裏を見た。「昭和三十二年秋・東村《ひがしむら》吾郎」と黒い字が書かれている。

「安曇野を描いたものでしょうね」

　吉村がいった。

　市内、あがたの森通りに松本民芸家具の展示場がある。そこに勤めている花岡《はなおか》という男を道原は思い付いた。美術好きの人である。

　家具の展示場へ電話した。花岡が応じた。道原は、市内物社の沖島という家で絵を見ているのだが、その値打ちを知りたい、といった。

「どんな絵ですか」

「ミレーの『種をまく人』を連想させる構図で、東村吾郎という人が描いたものらしい」

「東村吾郎。四十歳を目前に病死した寡作の俊才です。東村吾郎の絵が、その家にあるんですね」

花岡の言葉は熱っぽくなった。

「見にきてください」

道原がいうと、花岡は駆けつけるといった。

二十分もすると車がとまる音がした。

「大きい家ですね。なにをしている家ですか」

花岡は玄関へ入ると壁や天井を見まわした。

「ずっと前は、旅館だったそうです」

「道理で」

花岡を二階へ上げた。剝がした包装紙の上の縦約一メートル、幅四〇センチあまりの絵を見せた。絵の畑は黒っぽい茶色をしている。鍬の柄をつかんでいる農夫は絣《かすり》の半袖シャツに紺のももひきだ。農夫が眺めている山脈には灰色と水色の濃淡がある。

「これは凄い。間違いなく東村吾郎の絵です。この絵がどうしてこの家に」

花岡は一歩退《ひ》いて、腕を組んだ。

「この家の前の持ち主が、置き忘れていったんじゃないかと思います。押入れにしまっていたことも忘れてしまったんだと思います」

「その方は、いまは……」

「とうに亡くなりました」

道原は、どのくらいの値が付くものなのかをきいた。

「東京の銀座の画廊なら、二百万円ぐらいで。……いや、もっと上かも」

道原は、花岡のいったことをハナに伝えた。

「二百円」

「いいえ。二百万円です」

「ふうん」

ハナは金銭に対してあまり関心がないようだっ

た。

「私でよかったら、銀座の画廊を紹介しますけど」

　道原は花岡の話をハナに伝えると、

「わたしの部屋へ飾っておきます」

　彼女はこの絵を気に入っているようで、人手には渡したくないようだ。

「では、ハナさんのいう通りに」

　吉村が題名のない絵を持ち上げ、一階の八畳敷きぐらいの部屋へ運んだ。

「もったいない。値打ちのあるものなのに」

　花岡はつぶやいてから、ハナに年齢をきいた。

「九十二と七か月」

　彼女は頬を掻きながら答えた。

　絵は、縁側を向いている壁に掛けられた。一歩退いて、あらためて眺めた。絣のシャツの農夫が鍬を持ち直したように見えた。ハナは満足そうである。一緒に暮らしている直絵も眺めるだろう。


　翌朝、道原と吉村は交替で江の島へ行った。今回は車で行き、走っているうちに細い雨が降りだした。気温は六月下旬とは思えないくらい低い。

　江の島に着くと雨はやんでいた。宿泊するホテルの駐車場へ車を入れた。海の上を薄墨のような色の雲が西へ流れている。天気のよくない平日のせいか、きょうの人出は少なかった。

　青銅の鳥居の前にあるモース記念碑の前に立った。「大森貝塚の発見者として知られるエドワード・S・モース博士は江の島に東洋初の臨海実験所を開設し、わずか一か月の滞在で多くの海洋生物を研究しました。江の島は、我が国の海洋生物学の発祥の地ともいえる」とあった。

二人は、江の島弁天橋を渡ってくる人びとをじっと見つめていた。青銅の鳥居の下に十数人が立っていた。観光に訪れた団体だ。その人たちの顔を見てから弁財天仲見世通りを、朱の鳥居まで歩いた。松本のヤサカ亭のマスターが姿を消した郵便局横の路地へ入ってあちこちをのぞいた。児玉《こだま》神社にも入ってみた。

日が暮れた。二人は向かい合って夕食を摂った。

「四人は、江の島にはいないのではないでしょうか」

吉村が箸を置いた。

柱の円い時計の針が午後九時に近づいていた。風呂に入ろうと、シャツのボタンをはずしたところへ、救急車のサイレンをきいた。

「こんな時間に、交通事故だろうか」

道原は窓を向いた。パトカーがサイレンをけたたましく鳴らして、救急車を追っていったようだ。警察車両は一台ではないようだった。

「事件じゃないか」

道原と吉村は、ホテルを飛び出した。救急車と警察車両が向かったほうへ走った。ヨットハーバーの近くの道路に救急車と警察車両が止まり、一か所にライトがあてられていた。男性が救急車に乗せられた。

「事故ですか」

道原がライトを手にしている警官に身分証を見せた。

「背中を刃物で切られたようです」

「夜間に、刃物で……」

道原たちはホテルの駐車場に置いた車に飛び乗って、救急車を追いかけた。

怪我人は藤沢《ふじさわ》第《だい》二《に》病院に収容された。警官に怪我人の名をきいた。

「上着のポケットに名刺が何枚も入っていました。本人の物でしょう。氏名は曽根《そね》和良《かずよし》、住所は横浜市戸塚《とつか》区」

道原は警官の答えをメモした。

一時間ほどすると、曽根和良の妻と娘が救急集中治療室へ現れた。二人の顔は蒼白だった。二十歳見当の娘は唇を震わせていた。二人はベッドに寄った。

「お父さん、お父さん」

妻と娘は、重傷の和良にしがみつくようにして声を掛けつづけた。道原と吉村は治療室の入口で合掌して「死ぬな、死ぬな」と祈った。

窓辺に立った。真夜中なのに、周りの家の何軒かの窓には灯りが点いていた。

妻と娘の悲鳴に似た声のあいだに、どこでだれが弾いているのか幽《かす》かに三味《しゃみ》の音《ね》が、風に送られてきたように舞い込んできた。江の島で三味は不似合いのような気がしたが、道原と吉村は廊下の長椅子で、仔猫《こねこ》の鳴き声のような音をきいていた。

妻と娘の悲鳴のような祈りの声は、通じなかった。道原と吉村は六月三十日、午前七時二十分、手術室から絹を裂くような二人の女の声をきいた。曽根は息を引き取った。四十六歳。

道原は曽根を知っていた。曽根は週刊誌などに記事を書いているフリーのライターだった。以前、道原が勤めていた安曇野署へも現在の松本署へも取材に訪れていた。なかでも、五月初旬に横尾山荘から姿を消した沼田椿には、強い関心を持っていた。「戸倉正一郎氏を殺したのは椿にちがいない。殺すほど戸倉氏を怨んでいた。道原さんには、椿がなぜ戸倉氏を怨んでいたかが分かっていますか」と、繰り返しきかれたものだった。

　午前九時近くに、埼玉県に住んでいるという曽根の母親が病院へやってきて、ものをいわなくなった息子に会った。彼女は息子の手を両手で包んだ。

「家が貧しかったので、和良を大学に入れてやれなかった。高校の先生に、成績のいい生徒なのにって、いわれたこともあった」

　と母親はいって、息子の頬をそっと撫《な》でた。

　曽根和良の背中の傷は三か所で、肩と背中を切られ、腰を刃物で刺されていた。腰を刺されたのが致命傷だったと医師は語った。

　曽根はなんの目的で江の島へきていたのか。松本、鎌倉、藤沢の各署が、沼田椿、寺石則人、沼田増穂、沼田和世の行方を追っているのを嗅ぎ付けてやってきたのか。彼は殺された。もしかしたら行方不明のうちのだれかの所在を、つかんだのか。それが相手に知られ、始末されたのか。

　曽根は夜間にヨットハーバーの近くを歩いていた。何者かに後を尾けられていて、人目のない所へ差しかかったので、そこで切ったり刺されたりしたのだろう。

「駐車場へ行こうとしたんじゃないでしょうか」

　吉村だ。

「そうか、そうにちがいない」

　曽根の車のナンバーを妻と娘にきいた。娘がナンバーを記憶していた。

　曽根は車を駐車場に置いて、どこかへ行こうとしたのか、それとも車に乗るために駐車場へ向かおうとしたのか。

　道原たちは、娘からきいたナンバーの車を駐車場でさがした。

あった。横浜ナンバーの曽根のグレーの乗用車は、広い「江の島かもめ駐車場」の中央部にとまっていた。主を失った車は寂し気に見えた。

曽根は、沼田椿の行方を追っていたらしいことが、上着のポケットに入っていたノートのメモで分かった。彼のノートは妻の真知子《まちこ》と娘の琴音《ことね》が持っていた。二人はノートを、藤沢署員の手には渡さなかったのだ。「曽根は危険なことをしていたようでしたので」と、真知子は道原にいった。

ノートの中央部に気になる走り書きがあった。

「藤沢市鵠沼海岸2　松岡荘《まつおかそう》二F　広川順《ひろかわじゅん》」

曽根は、このメモの人物に関心を抱いていたのではないかと思われた。「広川順」のほかには人名は記されていなかった。鵠沼海岸2は、引地川《ひきじがわ》の河口近くで、国道一三四号の北側だ。

3

道原と吉村は、藤沢市鵠沼海岸2で松岡荘をさがしあてた。壁が変色した木造二階建ての古いアパートだ。家主は隣接の門構えの佐野《さの》という家だった。

六十代と思われる主婦が出てきた。道原と吉村が身分証を見せると彼女は、

「なんでしょうか」

といって胸に手をやった。

「松岡荘に、広川順という人が住んでいますね」

道原がきいた。

「住んでいましたけど、二週間くらい居て、出ていきました」

「広川順という男は、氏名の分かる物を見せまし

たか」

「いいえ。旅行鞄のような物を持っていましたけど、本名の分かる物は見せませんでした。短期間借りたいといって、家賃の一か月分を前払いしてくれました。長いあいだ空いていた部屋だったので……」

「何歳ぐらいの人でしたか」

「五十歳ぐらいで、中背で痩せていて、顔色もよくない男性でした」

「その男を訪ねてきた人がいましたか」

「さあ、見たことはありません」

　服装をきいた。

「灰色の長袖シャツを着て、こざっぱりとした感じでした」

「退去するさい、挨拶にきましたか」

「いいえ。二日も三日も、夜になっても灯りが点かないので、出ていったのだと思いました」

「出ていったと思ったあと、部屋のなかをご覧になりましたか」

「見ました。新聞と週刊誌が、部屋の隅に重ねてあっただけです。炊事をしたようすもありませんでした」

「その男は、毎日、外出しましたか」

「部屋を出ていくのを一度だけ見ました。毎日出掛けて、夜は遅くなって帰ってきているようでした」

　主婦の話で、短期間松岡荘に起居していた男は、沼田増穂だろうと推測した。

　短期間ではあるが、増穂と思われる男は単独だった。そのことから四人は、バラバラに住んでいそうだと思われた。四人が一緒だと目立つし、怪しまれる公算が大きい。

江の島で、切られたり刺されたりして殺された曽根和良は、四人のうちの一人、つまり沼田増穂の居所を見つけたのだろう。その増穂を追いかけて江の島へきたような気がする。

「曽根和良は、刃物で殺《や》られた」

道原がつぶやいた。

「戸倉正一郎も八島雪男も、出刃包丁で殺られています。曽根も同じかもしれませんね」

吉村はペンをにぎっていった。

「残忍だ。……加害者は返り血を浴びているかも」

道原は、光った出刃包丁を想像した。

椿の母淳子に電話して、椿か増穂から連絡があったかをきいた。

「ありません」

その声は小さかった。

「ご主人と娘さんがいなくなった。これからの生活《くらし》が心配ではありませんか」

「はい。不安でなりません」

「二人は、どこへ行ったと思いますか」

「分かりません」

「二人、いや、和世さんも一緒かも」

「そうでしょうか」

椿と寺石は一緒だろうと思われる。椿が、母と妹の生活が心配だといえば、寺石は、母親に現金を送れといいそうだ。

道原の目の裡に日に何度か浮かぶ男がいる。それは松本の裏町通りのヤサカ亭のマスターだ。竹下という姓のマスターは、江の島へきていた。店の者には江の島へ行っていたことを隠している。なぜかというと、四人と接触したからにちがいない。どういう用事で四人、あるいはそのうちのだれかと江の島で会ったのだろう。他の土地でなく、江の島で会ったことが問題なのである。

「もう一度」

道原はそういって、吉村と一緒に、小さな郵便局の横の路地を入った。茶色の縞の猫が二人の前を横切った。

きょうは、路地から路地をくねくね渡り歩いていくと、磯料理の店が並ぶ裏側へ出て、突き当たった。突き当たりの右手の店からはコンコンという物を叩いている音が洩れていた。貝茂《かいしげ》というその店をガラス戸越しにのぞいた。内部を改装しているらしく、帽子をかぶった男が鑿《のみ》の頭を叩いていた。その男の向こうに白い半袖シャツの女性が腰を折っていた。若い人ではなかった。

道原たちは路地を引き返した。

夕食の最中に道原は箸を置いた。

「食欲がないのですか」

吉村が気を遣った。

「いや。昼間のぞいた貝茂という店を思い出したんだ」

「内装工事をしていた店ですね」

「職人の作業を見ていた女性を、思い出したんだ」

「白いシャツを着ていた女」

「若い人じゃなかった。もしかしたら……」

「沼田和世だったのではと」

吉村も箸をそろえて置いた。

「確かめに行こう」

気付いたら、居ても立ってもいられなかった。

二人は、郵便局の横の暗い路地を入った。猫がひと跳ねして逃げていった。

当然だが裏口の戸は開かなかった。貝茂にはだれもおらず真っ暗だ。昼間見た女性が店の従業員だとしたら、どこから通ってきているのかを知りたかった。

　路地から表通りに出た。どの店も灯りを消していた。

　翌朝、貝茂の隣の店の人に、貝茂の経営者の住まいはどこかをきいた。

「貝茂をやっていたのは、野沢喜三郎《のざわきさぶろう》さんでしたが、歳をとってからだをこわしたことで、店を人手に渡しました。これからはなんという人が店をやるようになるのかは、知りません。現在は店内を改装中ですが、これから夏に向かって忙しくなるので、工事を急いでいるのでしょう」

　道原たちは、野沢喜三郎の住所を訪ねた。片瀬江ノ島駅の近くだった。

　野沢は、妻に呼ばれて、浴衣姿で玄関へ出てきた。訪問者が刑事だったので驚いたようすだった。

「江の島のお店を譲られたようですが、買った方はどなたでしょうか」

　道原は、氏名と住所をきいた。野沢はメガネを掛けてメモを手にして出てきた。

　貝茂を買ったのは、名古屋市中《なか》区栄《さかえ》三丁目の錦《にしき》産業株式会社で、代表者は鬼塚健司《おにづかけんじ》。

「名古屋の会社」

　道原は意外な気がしたので低い声でつぶやいた。彼はノートを繰った。六月二十三日、富山市の人から松本署へ、「名古屋駅近くで、沼田和世さんを見かけたので名を呼ぶと、男性と一緒に歩いていた沼田さんは、逃げるように走り去った」と電話をよこした。和世と一緒に歩いていたのは、増穂だったのではないかと推測した。

道原は、錦産業へ電話した。

「私は、松本警察署刑事課の道原です。そちらは江の島の貝茂というお店を所有されていますね」

ときいた。錦産業の女性社員は、

「当社の所有です。それがなにか」

と答えた。

「その貝茂を借りるか、借りたいと希望している人がいると思います。それは、どちらのどなたでしょうか」

「そういうことを、どうしてお調べになっているのですか」

しっかりした声の女性はきいた。

「ある事件に関係している人かもしれないので」

女性は、「調べます」といって、硬いところへ受話器を置く音をさせた。

「分かりました。お答えします。長野県松本市の竹下善治《ぜんじ》という方です。……その方がなにかの事件に関わっているのでしょうか」

「事件関係者と知り合いではと、疑っている段階です」

道原は礼をいって電話を切った。

竹下善治は、松本の裏町通りのヤサカ亭のマスターだ。寺石則人と親交のある男である。

おおよそのことが分かった。四人は江の島の一等地に営業を休んでいる貝茂という磯料理の店があるのを耳に入れた。その店を借りて営業したいといって、店の所有者を人にきいた。すると所有者は名古屋市の錦産業だと分かった。そこで沼田和世と増穂が錦産業を訪ねて、貝茂を借りることにし、借り主を竹下善治にした。寺石が、「店の借り主になって」と頼んだのにちがいない。竹下は、どんな店かを見るために江の島へやってきたのだし、四人に調理の指導もしたのだろう。

翌々日も工事中の貝茂を見に行った。きょうも職人がきていて、板を削っていた。昨日の女性はおらず、少年のような若い男が角材を店内へ運び込んでいた。

「一昨日ここで、作業を見ていた女性がいましたね」

道原が四十代半ばに見える職人にきいた。職人はうなずいた。

「その女性の名前をご存じですか」

「知りません。工事が終わったら、店を始める人だろうと思っていました」

「内装工事が終わるのは、いつですか」

「あと三日はかかります」

道原と吉村は一時間ばかり、職人と若い男の作業を見ていた。

「この内装工事を依頼したのは、どこのなんという人ですか」

「竹下という人です。下の名は忘れました。この店が、なにか問題でも」

職人は手から鉋《かんな》をはなした。

「ええ。ちょっと調べたいことがあるものですから」

「調べたい……。工事費を、払ってもらえなくなるようなことはないでしょうね」

職人は額に皺を立てた。

道原のポケットで電話が鳴った。松本署の三船課長からだった。

「たったいま、富山市の万能薬品の営業マンから電話があって、福岡市の博多《はかた》駅前の黒須屋《くろすや》というホテルの前で、沼田和世を見かけたと通報があった」

「福岡。……目撃者は、沼田和世の服装を憶えているでしょうか」

「白い半袖シャツ姿で、白いバッグを持っていたといっている」

道原は、電話をよこした営業マンの氏名と電話番号を課長にきいた。

高橋伸也《たかはししんや》という名で、福岡県と大分県を担当しているといったという。

「沼田和世に間違いなければ、彼女はなぜ博多にいたのでしょうか」

吉村が首をかしげた。道原はスマホを持ち直した。

「仲間割れしたんじゃないのか。それとも彼女たちにとって、江の島は安全な土地ではないと感じたか。殺人事件も起きたことだし」

「和世は、椿や寺石と別れて、博多で商売でもしようと考えているのでは」

「そうかもしれない」

「和世は、名古屋へも行っているようです。四人のリーダー的存在ではないでしょうか」

道原は、博多へ行くことを思い立った。高橋伸也に会いたい。彼はホテルの前で和世を見掛けただけではないのかもしれない。

「博多へ行く」

道原は、課長との電話を切ると、吉村にいった。

4

道原と吉村は、小田原《おだわら》で東海道新幹線「こだま」に乗り、名古屋で「のぞみ」に乗りかえ、夕方に博多に着いた。博多は巨大な駅である。コンコースを抜け出て、博多駅中央街から駅前通りを西に歩いた。黒須屋ホテルは駅前通りにあった。博多では高層のホテルだ。道原は黒須屋が旅館だったころに一泊したことがある。

「沼田和世は、このホテルに泊まったんじゃないでしょうか」

　吉村だ。

「そうだろう。ホテルから出てきたところを、高橋という男に見られたんだ。高橋がいうには、和世は白いバッグを持っていただけらしい」

　高橋に電話した。彼は薬局まわりの営業活動をしているのだろう。

「私はいま、住吉《すみよし》神社の近くにおります。十五分ぐらいで黒須屋ホテルに着けます」

　道原たちは、ホテルのロビーで高橋を待つことにした。

　ロビーのソファには、女性が二人向かい合っているだけだった。

　黒い鞄を持った高橋がやってきた。四十代半ばの長身の男で、グレーのスーツ姿だった。

「このホテルの前で見掛けた女性は、沼田和世に間違いありませんか」

　道原がきいた。

「はい。彼女が会社に在職中、数え切れないほど会っていた人ですから」

「あなたは彼女に、声を掛けましたか」

「声を掛けようとしたら、彼女は足早に、駅とは反対のほうへ歩いていきました」

「あなたに気付いたでしょうか」

「気付かなかったようです」

「彼女は、このホテルに泊まったのでは」

「そうだと思います。旅行鞄のような物は持っていませんでしたので」

「高橋さんも、このホテルに」

「いいえ、私はビジネスホテルです」

「高橋さんは、沼田和世らの四人を、ご存じだったんですね」

「一部の新聞で知りました。殺人事件にかかわっている可能性があると出ていましたので」

「そうです。殺人事件が三件発生していますが、関係しているらしい一味は四人。いまのところ、四人は一緒なのか、バラバラなのかが分かっていません。そのうちの一人の沼田和世が、この博多にいたのは意外でした」

「四人のうち沼田和世だけが、別行動をしているのでしょうか」

　高橋はかつての同僚の和世に強い関心を寄せているようだ。

　和世は単独ではないのかもしれない。四人のうちのだれかと一緒で、福岡市内か近郊で商売でもはじめようとしているのか。

　四人のうちのだれかは、貝茂の店舗を借りて、磯料理か焼肉の店でもやろうとしていたが、それを嗅ぎ付けてきたフリーライターの曽根和良を殺害してしまった。そのため江の島にはいないほうがいいと判断し、遠隔地の福岡へ移ることにしたとも考えられる。

　店内改装の工事は間もなく終了する。工事を請け負っていた職人は、工事代金を受け取れるだろうかと気を揉んでいるようだったが、それが現実になりそうだ。工事を依頼したのはヤサカ亭の竹下だ。工事費用の請求は竹下にいく。そこでは一《ひと》悶着《もんちゃく》起きそうだ。

　営業マンの高橋は、「まわるところがあるので」といってホテルを出ていった。

道原と吉村は、沼田和世がこのホテルに泊まっていると見込んで、彼女の帰りを待つことにした。

街灯が輝きはじめた。ホテルの前を通る人や車が多くなった。

「博多は、なんとなく華やかな感じですね」

吉村がガラス越しに表を見ていった。

「那珂川《なかがわ》の岸辺の中洲《なかす》は、繁華街だ。松本とちがって、ギラギラとした雰囲気がある」

吉村は、ホテルのフロントで、沼田和世が宿泊しているかをきいてみようといった。

「本名で泊まるとはかぎらない。泊まっているとしたら、帰ってくる」

「私たちは、沼田和世を正面から見たことがありません」

吉村は不安気な顔をした。

「そうだった。でも、なんとなく雰囲気で本人だと分かるような気がする」

「なんとなくでは……」

吉村は首を横に振った。

道原は吉村の顔をあらためて見てから、営業マンの高橋伸也を電話で招《よ》んだ。ホテルへ戻ってきた女性を見てもらうことにした。高橋は快く引き受けてくれた。

しかし午後七時を過ぎても、和世と思われる女性はホテルへ戻ってこなかった。三人の腹の虫は、「なにか食わせろ」と騒ぎはじめた。午後九時になっても和世は現れなかった。吉村はホテルを飛び出して、コンビニでパンと飲み物を買ってきた。

午後十一時近くになったとき、フロントでキーを受け取った女性を見た高橋が、

「あの人です」

といった。女性はクリーム色の半袖シャツに紺

のタイトスカート姿。

道原と吉村は中年女性の前に立って、

「沼田和世さんだね」

と身分証を示してきいた。女性は目を丸くして、

「わたしは、石川《いしかわ》はおりです」

と首を振って答えた。唇の右上にあずき大のホクロがある。和世のその特徴は高橋からきいていた。

「本名ですか」

「本名に決まっているじゃありませんか」

「いいえ。あなたは沼田和世さんだ。そこで話をききたいので、すわってください」

「わたしは疲れています。それに、お酒も入っています。お話はあしたにしてください」

彼女は、白いバッグをひと振りして、エレベーターのほうへ逃げていった。気が強そうだ。口も達者らしい。

角柱の陰に身を隠していた高橋は、ビジネスホテルで寝《やす》むといって出ていった。道原と吉村は、フロントに断ってソファで仮眠をとることにした。うとうととしていたが、近くで人声をきいて目を開けた。午前七時近くになっていた。

一階奥のレストランで朝食が始まった。そこへ宿泊客が吸い込まれていく。

午前八時を過ぎたが、和世は現れなかった。朝食を摂らないつもりなのか。道原はフロントへ行って、石川はおりという客の部屋をきいた。

髪をきれいに撫でつけているフロントマンが、

「そのお客さまは、昨夜のうちにチェックアウトされました」

と、まばたきをして答えた。

「逃げられた」

道原は吉村を振り向いた。

「畜生」

吉村は舌を鳴らした。沼田和世のほうが一枚上手だった。彼女は午前零時にチェックアウトして別のホテルへ移ったのだろう。旅慣れている。人を欺《あざむ》く術《すべ》を身に付けている擦れっ枯らしだ。

「沼田和世は、どんな用事で博多へきたのでしょうか」

吉村は、忌々《いまいま》しげな顔を外へ向けた。

「江の島で磯料理の店でもやるつもりで、内装工事をした。江の島なら間違いなく儲かると踏んでいたが、重大事件に関係してしまった。沼田椿の行方を追いかけていたフリーライターの曽根和良を殺してしまった。だから江の島での商売を諦めたんじゃないか。それで遠くはなれた博多での商売を考えて、その下調べにやってきたんだと思う」

「殺された曽根さんは、椿の居所をつかんだのでしょうか」

「つかんだかどうかは分からないが、かなり近い距離まで接近していたんじゃないかな」

「和世たちは博多で、どんな店をやるつもりなのでしょうか」

「料理屋だと思う。酒場だと客が店を憶えて、通ってきてくれるまでに、時間がかかる。それに料金の問題もある。食い物屋のほうが効率がいいはずだ」

「江の島の貝茂での商売は、捨てるのでしょうか」

「ヤサカ亭の竹下が、だれかにやらせるような気がする」

「竹下というマスターも、なんとなく胡散《うさん》臭い」

吉村はノートに目を落とした。竹下はヤサカ亭の小部屋へ、何日間か寺石則人を泊めていた。

「和世たちは、博多のどこで、商売を始めようとしているのでしょうか」

「繁華街の中洲だろうな」

「中洲か」

吉村は、那珂川の岸辺近くに並ぶ赤や青のネオンを頭に浮かべたようだ。

「和世は、博多にいたのを、われわれに見つかった。博多での商売を、変更するんじゃないでしょうか」

「そうだな。仙台か新潟への変更を考えるかもしれない。……あの女」

道原は唇を嚙んだ。

「名をきいたら、石川はおりだなんて、ぬけぬけと」

道原は床を蹴った。吉村と二人で博多中をさがしても、沼田和世を見つけることはできないだろう。

課長に電話した。和世を逃がしてしまったことを謝った。

「一枚上手だな」

課長は和世のことはいい、早く帰ってこい、といわれた。機嫌を損ねた声だ。

外へ出ると、鳩《はと》が二羽、道路をつついていた。博多駅に向かったが、何度も和世の顔が浮かんだ。口を少しゆがめて、「本名に決まっているじゃありませんか」と、唾を吐くように答えたのだった。

第六章　演歌

1

出勤すると、受付係に、沖島ハナが道原の出勤を待っているといわれた。

「またか」

彼はつぶやいて相談室へ入った。

道原は、「お早うございます」といったが、ハナは腰掛けたままで、首も動かさなかった。

けさはどんな用事かと、彼は目できいた。

「きのう、絵が失くなりました」

畑で作業をする農夫を描いた絵のことだ。

「盗まれたということですか」

「そう。きのうの夕方、お使いからもどったら、絵が失くなっていたの」

「外出するさい、戸締りをしないのですか」

「鍵なんて掛けたことはないの」

ハナを車に乗せて惣社の大きい自宅に着いた。彼女の部屋の壁に縦一メートルほどの絵が掛かっているはずだった。絵が掛かっていたところは、穴が空いたような変色した壁である。絵を吊っていた金具だけが残っていた。

「世の中には、悪いことをする人がいるものだ」

ハナは壁をにらんだ。

「絵を何人かに見せましたか」

道原がハナにきいた。

「ええ。花岡さんにきいたといって、何人かが絵を見にきました」

その人たちの氏名や住所を知っているかと、道原はハナの顔に尋ねた。五人か六人が絵を見にきたが、そのうち二人は近所の人だという。他の人の名は知らないと、首を振った。

道原は、すぐに家具展示場の花岡に電話した。

三十分もすると花岡は車でやってきた。絵を吊っていた壁を向き、腕組みして首をかしげていたが、なにかを思い付いてか車に乗った。

花岡は一時間あまり経ってもどってきた。絵を抱いていた。取りもどしてきたのだった。絵が盗まれたときいて、彼にはピンとくるものがあったようだ。

花岡は絵を元の位置に飾った。だれが盗んでいったのかは口にしなかった。何歩か退くと、あらためて農夫の絵を眺めた。

「これからは、外出するとき、玄関を施錠していくこと」

花岡はハナの頭の上でいった。

「いい絵だ。何度観ても、飽きない」

彼女は一歩絵に近寄ると、画面を撫でるような手つきをした。

江の島で曽根和良が殺されてから二か月が過ぎた。沼田椿、寺石則人、沼田増穂、沼田和世の四人に関する情報は入ってこなかった。

江の島の貝茂の店内は見ちがえるほどきれいに改装され、営業がはじまっている。テーブル席が八卓あって半分が埋まっていた。道原と吉村は、中央部の席で昼食を摂ることにした。シラス飯にうどんをオーダーしてから、そっと調理場をのぞいた。男が二人、調理台を向いていた。客の注文をきいたり、料理を運んでいるのは四十代後半といった歳格好の小柄な女性だ。四人の写真は飽きるほど見ているが、この店には従事していないらしい。

貝茂を名古屋市の会社から借りて、営業しているのは、松本のヤサカ亭マスターの竹下だと分かっている。

四人がこの店をやるつもりだったのだろうが、重大事件に関与してしまったので、江の島での事業を棄てたのだろうと推測している。四人は江の島を離れたらしいが、鎌倉、藤沢両署も消息をつかんでいない。どこへ移っても、四人は一緒にいないだろう。仙台か新潟へでも行って、二手に分かれて暮らしていそうな気もする。

道原の目の裡には、博多で取り逃がした沼田和世の顔がときどき浮かぶ。氏名をきいたら、すぐに偽名を口にした。松本生まれの彼女が、どんな人間だったかをさぐりたくなった。出生地は松本市城山だ。増穂とは三歳ちがいの二人兄妹。松本市内の高校を卒業して、富山市の万能薬品に就職した。高校で同級生だった相沢《あいざわ》清子《きよこ》という女性が彼女の少女時代を憶えていた。

「ひと言でいうと一風変わった子でした」

「どんなふうに変わっていましたか」

「外で友だちと一緒に遊ばない子でした。家にいるときもどこへ行くときも、かならずクレヨンを持っていて、絵を描いていました」

彼女は目を細めていった。

「絵を……。どんな絵を」

「犬を見れば犬を、電車やバスを見ればそれを」

「上手でしたか」

「失礼ですが、うまいとは思いませんでしたけど、描くのが速いんです。高校生のとき、五、六人で上高地へ行きました。和世はすぐにクレヨンを出して、河童橋を描き、川岸のホテルを描き、穂高を写生しました。夢中になって風景を絵にする和世を見て、将来は画家になるのではと思ったものです」

彼女は、「あっ」と口を小さく開けると、

「和世が描いた絵があります」

といって、奥の部屋へ消えた。絵をさがしているらしく、彼女はなかなか出てこなかった。

彼女がさがし出してきたのは、岳沢《だけさわ》と穂高を写生したクレヨン画だった。よく写真で見ることのある風景だ。

「これは、現地で描いたものですか」

「そうです。わたしがおねだりして、頂いたんです」

岳沢の急な雪渓の描き方はやや乱暴だが、特徴をよく捉えていた。

「和世とわたしは、中学と高校が一緒でした。高校時代でしたけど和世は、毎月のように二、三日欠席していました。病気だと思ったので見舞いに行くと、縁側で外を向いて、鳩や雀《すずめ》に餌を投げていました。どこが悪いのってきくと、べつに悪いところはない、といったり、高校のときは、いつ学校をやめようかって考えているといったこともありました。それから……」

彼女はなにか思い出してか、くすっと笑って、口に手をあてた。

「これも高校生のときでしたけど、長く伸ばした髪を、いろんな形に結って登校していました。ある日、担任の先生は、『沼田、その髪はなんだ』といって、にらみつけました。安ものの酒場の女みたいだとでもいいたかったようです。次の日、和世は、長い髪をばっさり切って登校しました。先生はそのアタマを見て、苦笑していました」

　和世はときどき欠席したが、学業成績は上のほうだったという。

　和世は高校を卒業すると、富山市の会社へ就職し、年に二、三度は松本へ帰ってきていた。そして相沢清子と会っていた。

「就職した和世は、高校時代とはちがっていましたか」

　道原がきいた。

「高校生のときは個性的でしたけど、歳を重ねると、まともになって、面白味もなくなりました。会社勤めだからでしょうけど、髪形も平凡でした」

「沼田和世は四人組の被疑者の一人です」

「兄と姪《めい》と一緒のようですね」

「現在も四人が一緒かどうかは分かっていません」

　四人が江の島から姿を消したのは間違いなさそうだ。和世を博多で取り逃がしたが、どこへ逃げたのか。

「大都会の隅に隠れていそうな気がする」

　三船課長が窓辺に立っていった。

「東京か大阪のことですね」

　道原は課長の後ろでいった。

「一人でも捕まえられれば、あとは芋蔓《いもづる》式に……」

　席を立って、窓辺に寄ってきた吉村が、

「私は、ヤサカ亭の竹下善治を追いかけたいのですが、どうでしょうか」

と、いきなりいった。

竹下は、松本で焼肉店をやっているが、江の島の磯料理の貝茂を傘下に収めた。従業員を三人か四人使ってまずまず繁昌しているようだ。

そもそも貝茂は、寺石ら四人でやることにしていたらしい店である。竹下と寺石は親しい間柄だ。二人はどこかで密会していそうだ。

「よし。竹下を徹底的にマークすることにしよう。竹下は普段どこにいるんだ」

「松本のヤサカ亭と江の島の貝茂を、行ったり来たり」

道原が答えた。

「竹下は、四人がどこでなにをしているかを、知ってるだろうな」

四人のうち少なくとも寺石とは連絡を取り合っているだろう。

道原と吉村は、ヤサカ亭へいった。三十代半ば見当の男性従業員が、肉を焼いている煙のなかから出てきた。

マスターは今夜はここへ出てくるかをきくと、

「きょうは江の島の店です。あしたはもどってくると思います」

といわれた。

では、あした出直してくるといって、男に背を向けると、

「刑事さん、ちょっと」

と呼び止められた。道原と吉村は振り向いた。

「マスターのスケジュールを、私が教えたことを、黙っていてください」

「分かっています」

道原がいうと、男は真剣な目をして頭を下げ、

「私は今月いっぱいで、ここを辞めます」

といった。

「どうして辞めるんですか」

「マスターのやってることが、なんとなく恐《こわ》いんです」

「なにか理由を考えて、うまく辞めてください」

男は丁寧なおじぎをした。

客が入ってきた。道原は男の電話番号をきいた。浜崎《はまざき》と名乗った男は番号を答えた。

ヤサカ亭を出て二〇〇メートルばかり歩いたところで、思い付いたことがあったので、浜崎に電話した。店が終わってから会えないかときいた。浜崎は会えると答えた。道原は、深夜まで営業している小料理屋を教え、そこで会うことにした。

酒に酔った三人の男が、歌をうたいながらふらふらと歩いていた。なにが起きたのか、髪の乱れた女性が、反対方向へ自転車を漕いでいった。中天に輝いている半月を、白い雲が隠した。

2

浜崎は、ブルーの半袖シャツに着替えて小料理屋へやってきた。

「飲めますか」

道原は指で丸をつくった。

「はい。毎晩家で飲《や》っています」

浜崎は、焼き魚に漬け物を頼んだ。

「あなたは、学校の先生だった寺石則人を知っていますね」

「知っています。何度も会ったことのある人ですので」

「四人のうちの一人です。一味は江の島で料理屋をやるつもりだったらしいが、重大事件に関係してしまったので、遠方へ逃走したようです。竹下さんは、四人がどこでなにをしているかを、知っているでしょうね」

「知っているはずですし、仕事の世話もしたようです」

浜崎は、ぐい呑みの酒を舐《な》めるように飲むと、塩の浮いた焼き魚の骨を器用にはずした。

「仕事の世話……。寺石にですか」

「歌手の三木《みき》のぼるをご存じでしょうね」

「演歌をうたっている三木のぼるですね」

「マスターは、三木のぼるとは親しい間柄です。三木のぼるは松本へくると、かならずヤサカ亭へ寄ります。マスターは三木のぼるに、例の四人のうちのだれかを紹介したようです」

「紹介というと……」

「仕事をさせてやってと、頼んだらしいんです」

「危険なことを」

「マスターと三木のぼるは、そういう間柄なんです。三木がまだ売れなくて、食べられないころに、店で食事をさせたり、泊めたりしていたようです。ですので、マスターにものを頼まれると、三木は断ることができないらしい」

道原は、白いスーツ姿で、『残雪』とか『冬街道』という演歌をうたっている三木のぼるを、何度かテレビで観ている。長身で、女性のような優しげな顔立ちだ。実年齢よりいくつか若く見えるが、そろそろ四十になるのではないか。どこに住んでいるのか。妻子はいるのか。

道原は浜崎のぐい呑みに酒を注ごうとしたが、

「十分いただきました。魚がおいしかったです」

と彼はいって、腰を浮かせた。

夜は更けたが、だれがどこで見ているか分からないので、浜崎だけを先に店から出した。

次の日、三木のぼるの所属事務所をさがした。それは東京・赤坂《あかさか》の「モモコエンターテイメント」だった。三木のぼるは東京にいるのかときくと、女性社員が歯切れのいい声で、

「きょうは長野県伊那市で、あしたは飯田市の予定です」

といって、歌謡ショーの公演会場を教えてくれた。

「よし。伊那市へ行って、夜、公演が終わるのを待つことにしよう」

道原は吉村にいった。

「三木のぼるは、どこの出身でしょう」

吉村はだれにともなくいった。

「鹿児島市です」

シマコがいった。

「よく知ってるね」

吉村だ。

「ついこのあいだ、テレビでそういっていました」

「シマちゃんは、歌番組をよく観るんだ」

「観たい番組がないときはね」

夕方、小雨が降った。道原が家路につくころは灰色の雲が西へ流れていた。


その夜は風があって涼しかった。

伊那市へ行って公会堂での歌謡ショーをのぞいた。会場はほぼ満席だ。金と銀と緑の幕を張った舞台には、バンドの面々が立って腰を折った。ピアノ、ギター、ドラム、キーボードなどだ。男性の司会者が挨拶をした。歌手が五人紹介された。

道原は、三木のぼると島中《しまなか》千代《ちよ》しか知らなかった。三木のぼるが三曲うたうと寸劇があった。三木の新曲だという『恋花火』がうたわれて、歌謡ショーは幕になった。

　三木のぼるの名札が出ている楽屋をのぞいた。歌手は化粧を落としていた。

「お疲れのところを申し訳ありません。松本署の者ですが、こちらに寺石則人さんという人が勤めていますか」

　三木は振り向いた。険しい顔をして一拍おいて、「おりません」と答えた。

「沼田椿という名の女性は」

「いません。二人は、どういう人たちですか」

　三木はタオルで頬を拭いながらきいた。

「重大事件に関係している可能性があります」

「重大事件。そういう人が、どうして私の近くにいると……」

「情報をつかんだのです」

「私の身辺にいるという情報をですか」

「いるのではないかという情報を」

「迷惑な情報を流す人がいるものですね。重大事件とは、どんな」

「殺人です。三人が殺されています。新聞をご覧にならないようですね。テレビでも報道されていますが」

「テレビで観たかもしれませんが、忘れました。事件など、珍しくはありませんし」

　三木は鏡を向いてタオルで額を叩いた。

「あなたのお世話をしている人は、何人もいますか」

「三人か四人」

「いまはどこにいますか」

「舞台の片付けでもしているんじゃないかと思います」

三木は鏡に顔を近づけた。舞台に立つことはあっても、満足に食えない時期があった人だが、現在はそのときの空腹と痛さと冷たさを忘れてしまったようにも見えた。

道原と吉村は、舞台を見に行った。四、五人が、楽器を運んだり、舞台を飾った物をたたんだりしていた。その作業を舞台の袖から見ていたが、沼田椿も、寺石則人も、沼田増穂も、沼田和世もいなかった。

三州《さんしゅう》街道の辰野町《たつのまち》にさしかかったとき、車のハンドルを握っている吉村が、「しまった」と声を上げた。

「どうした」

「三木の車を運転している者の顔を、たしかめなかった」

「そうか。うっかりしていた」

吉村は車を回転させた。伊那市の公会堂へもどった。そこには小さな灯りが二つ三つ点いているだけで、車はなかった。今夜の三木はどこに泊まるのか。彼はその前にスタッフや歌手たちと食事をしているだろう。あるいは、あすの公演の飯田市へ向かっているのか。

飯田での公演は昼と夜の二回開かれることが分かっているので、飯田へ行って泊まることにした。

「君は、実家へ泊まるのだろう」

「いいえ。道原さんと同じホテルへ」

吉村はハンドルを握り直した。

飯田市内は伊那市より明るかった。ホテルは二軒ある。二軒のホテルに電話で、三木のぼるの一行が宿泊することになっているか、すでに到着しているかを問い合わせた。

「おいでになっていませんし、おいでになることにもなっていません」

　二軒のホテルの女性従業員はそう答えた。

「天龍峡温泉じゃないか」

　天龍峡には旅館が十数軒あると吉村がいった。天竜川両岸の絶壁を眺めての川下りは人気があるという。

　二人は片っ端から旅館に電話を掛け、三木のぼるの一行の宿泊を尋ねた。

　吉村が掛けた龍信館と南信亭《なんしんてい》が、「お着きになっていらっしゃいます」と答えた。一行は二手に分かれていることが分かった。三木のぼるは南信亭だった。

　深夜に、南信亭の庭へ忍び込んだ。車がずらりと並んでいた。そのなかに高級外車が二台あった。そのナンバーを控えた。どちらかが三木の車らしい。

　三木のぼる出演の歌謡ショーは、飯田市の市民ホールが会場だ。昼と夜の二回開かれることになっている。

　道原と吉村は、午後一時から開かれる市民ホールの駐車場で、三木のぼるが乗ってくる車を待った。

　三木の車はやはり外国の高級車だった。彼は売れるようになって、そろそろ十年になる。駐車場に並んでいる車を嘲笑《あざわら》うように入ってくると、割り竹の塀の際《きわ》に止まった。

　運転してきた男はドアを開けて三木を降ろした。道原と吉村は運転してきた男に注目した。が、寺石則人でも沼田増穂でもなく、六十がらみの痩せぎすだった。その男は大きめのバッグを持った。三木は小さいバッグを脇にはさんだ。彼は深呼吸するように晴れた空を仰いで、重そうなバッグを提げた男の前を歩いた。きょうの三木は、クリーム色の半袖シャツに白いズボンだ。彼は市民ホールの正面に立つと、建物を眺めた。顎を撫でながら楽屋口へ入った。

十分あまり経つと、車を運転してきた男が楽屋口から出てきた。道原と吉村は男の前に立った。いつから三木の車を運転しているのかをきいた。

「十日ばかり前からです」

痩せた男はひるむような目をした。

「その前はだれが運転していたのかを、知っていますか」

「ええと、たしか寺石とかいう人だったようです」

寺石則人にちがいない。

「寺石という人は、なぜ辞めたんですか」

「理由は知りません。電話で、辞めるとだけいったそうです」

「あなたは、どういう縁で三木さんの車を運転することになったのですか」

「三木さんが所属している事務所がタウン誌に出した募集広告を見て、応募したのです。三木さんとは事務所でお会いしました。……三木さんはときどき、寺石は車の運転がうまかったといいます」

三木のぼるとは、厭味《いやみ》を平然と口にする男なのではないか。

道原は男の氏名をきいた。

「吉田《よしだ》眞助《しんすけ》と申します」

彼は名乗ってから、三木について調べているのか、それとも寺石のことを調べているのかと、真剣な目をしてきいた。

「寺石という男の行方を追っています。寺石は、凶悪事件に関係している可能性のある四人組の一人です」

「凶悪事件……」

「殺人です」

「えっ」

吉田は胸に手をあてた。

「三木さんは、寺石について、なにか話したことがありましたか」

「振り返ってみると、私は危険な男を使っていた。辞めてもらってよかった、といったことがありました」

「三木さんは、どういう縁で寺石を雇ったのでしょうか」

「知人の紹介だったそうです」

知人とは、竹下善治のことだろう。

3

五月三日の、梓川溯行会に参加した沼田椿をのぞく十二名に、椿から連絡があったかを尋ねた。が、連絡を受けたと答えた人はいなかった。何人かが逆に、「沼田椿は現在どこでなにをしているのか」ときいた。

吉村が十二名に問い合わせをしている最中、道原のケータイに、

「吉田眞助と申しますが」

と電話があった。三木のぼるの運転手である。三木の身辺について、なにかを思い出したのではと道原は想像した。

「私は、クビになりました」

　吉田は意外なことをいった。

「クビとは、なぜ」

　道原はケータイを持ち直した。

「きのう、飯田の市民ホールの前で、刑事さんと話していたのを、三木は館内から見ていたんです。私は刑事さんから、寺石という人のことをきかれましたけど、会ったこともなかったので、どんな人かも、なぜ急に三木の車の運転手を辞めたのかも知りませんでした。ところが三木は、刑事の質問に私が答えていたといって、余計なことをしたといわれました。私はなにも答えていないといったのですが、三木は、余計なことをするヤツはクビだと。……私は口答えをせず、辞めることにしました。横暴な人は嫌いですので」

　道原は、三木の目の届くところで会ったことを謝った。

「いいんです。長つづきはしないだろうと思っていましたので」

　吉田は、「失礼しました」といって電話を切った。


　午後五時、道原と吉村は焼肉のヤサカ亭を訪ねた。店には竹下がいた。彼は白いワイシャツを着ていた。ネクタイをはずしたばかりに見えた。

「江の島のお店は、ご繁昌のようですね」

　道原は貝茂のことをいった。

「ええ、まあ」

　貝茂は寺石たちが運営することになっていて、古くなっていた内部を改装した。その資金については、大町の寺石の実家が援助したらしかった。内装工事を進めているあいだに、思いがけない事件が起きた。戸倉正一郎や八島雪男が殺された事件の被疑者を追って、四人に接近してきた男がいた。フリーライターの曽根和良。彼は四人のうちの一人をずばりと指して、「あんたが殺《や》ったな」と切り込んだにちがいない。そのために夜の江の島で刺し殺された。この事件によって他の二人も指名手配され、鎌倉市や藤沢市内に住んでいられなくなった。四人は内装工事中の貝茂を放り出して、雲隠れした。

そもそも内装工事の依頼人の名義は竹下善治だったので、彼は店の権利を手に入れた。

「竹下さんは、寺石則人さんと親しかった」

道原は竹下の横顔にいった。竹下は首を動かさなかった。

「歌手の三木のぼるさんとも、昵懇《じっこん》の間柄なんですね」

「調べたんですか」

「情報が入ってきたんです」

「三木は売れっ子になって、売れるのはいいことですが、調子に乗って、人付き合いを粗末にしている傾向がある」

竹下は機嫌を損ねたようないいかたをした。

竹下は、道原と吉村の顔をぎょろりと見てから、きょうはどんな用事かときいた。

「指名手配されている四人について、なにか情報をお持ちではと思いまして」

「いや、どこへ行って、なにをしているのか、私にはまったく分かりません」

「じつは、博多で沼田和世に会いました。彼女は、石川はおりという偽名を使って……」

逃げられたというと笑われそうなので、話をすることができなかったと曖昧なことをいった。

「博多で、店をやるか、勤めるかを考えていたんでしょう。彼女は富山にいるとき、夜間、料理屋でバイトをしていたそうです」

江の島で貝茂を運営する計画を持ち出したのは、沼田和世だったのかもしれない。

松本署は、竹下善治の行動を張り込みで監視して、一か月近くが経った。

松本へ観光に訪れた人たちが、「信州は涼しいと思っていたけど、松本は暑いのね」といった日の午後、ヤサカ亭のマスターの竹下善治は、松本空港から新千歳《しんちとせ》へ飛んだ。それを張り込んでいた道原と吉村が尾けた。飛行機が満席に近かかったからか、竹下には気付かれなかった。

これまでに何度か会っているヤサカ亭従業員の浜崎に電話した。

「竹下さんは、新千歳空港に着いたが、どこへ、なにしに行くのか、分かりますか」

「札幌で公演中の三木のぼるさんに会いに行ったんです。マスターはきのう私に、そういいました」

竹下は電車に乗った。約四十分で札幌に着いた。タクシーですすきの第一ホテルに入った。ラウンジの奥の席で、三木のぼるが立ち上がって手を挙げた。二人はいかにも親しい仲といった挨拶のしかたをした。

道原たちは丸い柱の陰から竹下と三木のようすを窺っていた。二人は笑いながら話し合っていたが、三木は、三十分あまりで席を立った。舞台があるからではないか。独りになった竹下はポケットノートをにらんで、ペンを動かしていたが、スマホを取り出すと電話を掛けた。この札幌に知り合いでもいるのだろうか。三分ばかりで電話を終えた。

　二十分ほど経つと、上着を抱えた小太りの四十歳見当の男が竹下に会った。二人は三十分ばかり話し合って立ち上がった。三木のぼるが出演している歌謡ショーの会場へ行くのかと思いながら、二人の後を尾けると、「割烹利司川《としかわ》」という店へ入った。

「畜生、食事か」

　道原は吐き捨てるようにいった。竹下と小太りの男は酒を注ぎ合うにちがいない。腹の虫が騒ぎはじめた。吉村が近くのコンビニでカステラと水を買ってきた。

　竹下と小太りが店に入って三、四十分が経った。吉村が道原の上着の裾を強く引っ張った。吉村は顎を動かして目で合図を送った。竹下らが食事をしている店へ入ろうとしているのは、なんと沼田和世だった。博多のホテルから逃げた女だ。

「今度はすすきのか」

　博多で事業を計画していたが、道原たちににらまれたので、すすきのへ移ったらしい。彼女は単独ではないだろう。椿も、寺石も、増穂も札幌にいそうな気がする。和世は四人組のリーダーなのだろう。四人の行動や事業計画について指揮をとっていそうだ。それを支援しているのが竹下善治のような気がする。

「彼女を捕まえよう」

　札幌方面中央署へ緊急連絡した。料理屋にいる三人から事情を聴きたいと通報したからか、黒い乗用車が三台やってきた。

　割烹利司川の店内へ飛び込んだ。びっくりしたらしい女性客が立ち上がった。竹下と小太りは向かい合っていたが、和世はいなかった。彼女はたしかに店内へ入ったのだ。

「四十代半ばの女性が、男二人の席へ」

道原が丸盆を胸にあてた女性従業員にきいた。

「その方はトイレを使って、裏口から出ていきました」

和世はどこへ行くにも警戒の目を光らせているのだろう。店の出入口から三〇メートルほどはなれた地点に立っていた道原と吉村に気付いたにちがいない。店へ入る前に周囲を一巡したのかもしれない。

「またやられた」

道原は、地団駄を踏んだ。三船課長は和世のことを、「一枚上手」といったが、その通りだ。

逃げられはしたが、ある事実をひとつつかんだ。和世は竹下と通じていた。竹下が彼女を料理屋へ呼んだのだろう。

竹下と小太りに、中央署への同行を求めた。

竹下はうなずいて、食事の料金を払った。

小太りの男は猪木《いのき》文彦《ふみひこ》という名で、不動産業と金融業をしているといった。竹下とは何年も前からの知り合いだという。

「竹下さんが、沼田和世を札幌へ呼んだのですか」

道原が竹下にきいた。

「沼田和世さんは、博多の中洲あたりでの商売を考えて、下見に行ったが、適当な物件がなかったといいました。それで札幌ではどうかと私がいうと、適当な物件があれば見に行きたいといって、きょう札幌へ着いたんです」

「それまで、どこに住んでいたんですか」

「横浜です」

「横浜のどこ」

「保土ケ谷というところのアパートだといっていました」

「沼田椿と寺石則人と沼田増穂と一緒に」

「沼田増穂さんと一緒だったようです」

　椿と寺石がどこにいるのかは知らないという。

「札幌に適当な空き店舗があれば、それを借りて、四人で商売をするつもりなんだね」

「和世さんは、兄の増穂さんと一緒にやるつもりでしょうけど、椿さんと寺石さんと一緒にやるかどうかは知りません」

　竹下は、薄く伸びた不精髭を横にこすった。

「四人が一緒になろうが、二手に分かれようが、商売などはしていられないよ」

「どうしてでしょうか」

「四人は指名手配されているし、殺人の容疑がかけられているじゃないか」

　道原が顔をにらむと、竹下は寒さでもこらえるように腕を組んだ。

「あなたはなにをしに札幌へきたんですか。三木のぼるさんに会うために、はるばるやってきたとは思えない」

「まともな商売をしようとしている和世さんに、猪木さんを紹介するためです」

「まともな商売か……」

　道原は、鼻白むような表情をした。

「竹下さん。あなたは寺石則人と以前から親しい。彼とは連絡を取り合っていますね」

「取り合ってなどいません」

「寺石は、電話番号を変えた。新しい番号を知っていますね」

「知りませんし、彼からはもう何か月も前から電話は掛かってきません」

「仕事にも就いていない。椿と一緒にぼんやりと過ごしていると思いますか」

「大町の実家からの援助で、細ぼそと……」

　果たしてそうだろうか。彼は彼で、なんらかの商売を計画していそうな気がする。四人のうちで最年少の椿はどうなのか。偽名で、商店などで働いていそうだ。

　四人は結束しているのだろうか。事件をめぐって、いい争うことがありそうな気もするが、どうだろうか。

　道原は、不動産業の猪木にも、沼田和世から連絡があったら、どこにいるかをきいて知らせてもらいたいといった。

4

　道原と吉村は、ラーメン店が並んでいる横丁で、チャーハンとラーメンを頼んだ。

「道原さんにだけは打ち明けておきます」

　吉村は箸を置いた。

「あらたまって、なんだ」

「結婚することにしました」

「ほう。それはめでたい。お相手はどういう人」

「交通課の、塩谷峯《しおたにみね》子《こ》です」

「塩谷……」

　道原は顔を天井に向けた。思い出した。わりに背の高い色白の美人だ。

「交通課員とは」

　比較的接触する機会が少ない課員だ。

「いつから親しくなったんだ」

「去年の二月、市内で轢《ひ》き逃げ事件がありました。その捜査で、彼女と何度か、一緒に行動しました」

「そうか。知らなかった。刑事は休日でも休めないことが多い。先方にはそれを理解してもらわないと」

「はい。分かってくれていると思います」

結婚式の日取りは決まっているのかきいた。

「十一月下旬です」

その日に何事も起こらないといいがと、道原はつぶやいた。
四、五年前のことだが、三十歳になったばかりの刑事が、リンゴ農家の娘と結婚することになった。披露宴は松本市内のホテルだった。その日の早朝、市内開智で重大事件が発生していた。他所《よそ》から単独で観光旅行に訪れていた四十代の女性が、何者かに刃物で腹を刺されて死んでいた。通行人の通報を受けて、刑事たちは現場へ駆けつけた。結婚式を挙げる新郎も例外ではなかった。そのために結婚式も披露宴も花嫁だけで営まれた――
チャーハンを食べ終えると吉村は、「おいしかった」といって手を合わせた。彼の行儀の良さはシマコにも知られている。

「シマコには恋人がいないのかな」

道原はラーメンの汁をすすった。

本名、河原崎志摩子は、高校卒業後、専門学校を終えて警察へ入った。現在二十五歳のはずである。活発だし、よく気が付くことから、三船課長に気に入られている。

「いないようです」

「本人にきいたのか」

「いいえ、観察です」

吉村は、結婚式には課長と道原とシマコに出席してもらいたいといった。

「道原さんは休みの日、どう過ごしているんですか」

吉村がきいた。

「日曜なら、いつもより一時間ばかり遅く起き、昼前に家内と娘と一緒に松本へ出て、街中をぶらついている。美術展をやっていれば、それを見る。ついこのあいだは、『折り紙の歴史展』を見たし、『プラモデルの歴史展』というのも見学した。去年は、山形県酒田《さかた》市にある写真家の土門拳《どもんけん》記念館へ行ってきた」

「遠方へ。日帰りですか」

「そうだ。何日か前に『筑豊のこどもたち』の写真を新聞で見て、居ても立ってもいられなくなって」

「衝動ですね」

「浜松《はままつ》市へ、『バイクの歴史展』を見にいったこともある」

「いつも落着いているのに、意外な一面が……」

吉村は道原の横顔を見てもう一度、「意外だ」といった。


道原と吉村は次の朝、レンタカーを調達して、札幌市の大通《おおどおり》公園近くの「公園商事」を張り込んだ。五階建てビルの一階だ。その会社は猪木文彦が社長で、不動産業と金融業を営んでいるということになっている。入口のドアへは女性が二人、男性が三人入っていった。

午前十時三十分、その会社の前へ黒い乗用車が止まり、小太りの男が後部座席から降りた。猪木文彦だ。黒い車は会社の前に止まったままだ。

　約三十分後、猪木が肩を左右に揺らすようにして出てくると車に乗った。その車はすすきののハイランドホテルの地下駐車場へ滑り込んだ。道原は車を降りると、一階のロビーへ入り、柱の陰に隠れた。猪木はだれかと会うのだろう。ラウンジで会うだろうと予想してソファにすわって、ラウンジをにらんでいた。だが、二十分経っても三十分経っても彼は現れなかった。

　猪木は地下駐車場からエレベーターで、客室へ向かったにちがいない。彼は刑事の張り込みや尾行を警戒していたのか。そうだとすると客室にいる人間は、刑事に見られたくない者なのだろう。竹下善治か、例の四人組のだれかか。竹下に会うなら隠れる必要はない。

　地下駐車場で猪木の車を監視している吉村から電話があって、猪木はたったいま車にもどったといった。午後一時二十分だった。

　午後一時四十分、エレベーターを出てきたのは沼田和世だった。昨夜、料理屋の勝手口から逃げた女だ。薄いピンク色のシャツに白いバッグを胸に押しつけている。

　道原は彼女の前へ立ちふさがった。

「沼田和世。あんたは何度も私たちの前から逃走した。偽名を使ったこともあった。なぜ逃げるのか。私と話をしたくない事情があるんだろう」

「わたしは石川はおりですよ。刑事さんらしいけど、人ちがいをしている」

「せいぜい偽名を使っているがいい。……沼田和世でないなら、逃げ隠れしなくてもいいじゃないか。ゆうべも逃げたが、なぜなのか。きかれたくない事情が山のようにあるからだろう」

道原は、地下駐車場にいる吉村を呼んだ。

スキがあったら逃げようとしているらしい和世を車に押し込むと、札幌中央署へ連行することにした。彼女は肝がすわっているのか、おとなしく車に乗った。

刑事課長に事情を告げて、取調室を借りた。

こういうところは初めてなのか、和世は周囲を見まわした。

「あんたは、指名手配されている一味の一人なんだよ」

道原は正面から彼女の顔をにらんだ。眉を長く描いているが、目鼻立ちのととのっている顔の化粧は薄い。唇のホクロは赤みをおびている。

「高級ホテルに泊まっているが、経済的には余裕があるんだね」

「余裕なんてありません」

「住所は、どこなんだ」

「横浜にいたけど、そこを出ました」

「四人が一緒に住んでいたのか」

「四人って……」

「とぼけるな。指名手配されている四人のことだ」

「わたしは独りで、古くて壊れそうなアパートに住んでいたけど」

「三人はどこだ」

「知りません」

「知らない……。連絡は取り合っていたんだろ」

「いいえ」

「隠すな。正直に答えなさい」

道原はテーブルの上で拳をにぎった。

「ほんとうに知らないのよ」

「あんたは兄の増穂と一緒に暮らしていたんだろ。

寺石則人とあんたの姪の沼田椿は一緒なんだろ」

「五月の半ばだったと思うけど、揉めごとが起こって、バラバラになったの。寺石と椿はくっついたまま、住んでたところを出ていったの。わたしは増穂と意見が合わなくなったの」

　仲間割れが生じたということらしい。

「六月二十九日の夜、江の島で曽根和良という男が刃物で襲われて、次の日に亡くなった。その事件に、あんたは関係しているのか」

「事件は、新聞で知ったけど、わたしは関係ない。事件の夜もわたしは、横浜のアパートで、ビールを飲んでいた」

「曽根和良は、横尾で起きた殺人事件の核心をついて、犯人さがしをしていた。それが仇《あだ》になって、消されたんだ」

　和世は、「わたしには関係がない」といっているように横を向いた。

「刑事さん、わたし、お腹がすいてるの」

　犯罪の被疑者を取り調べ中でも、空腹を訴えた場合、食物を与えないわけにはいかない。

　道原と吉村の腹の虫も騒ぎ出しそうだ。

「ラーメンでも取ってもらおうか」

「わたし、ざるそばがいい」

　厚かましい女である。

　道原は水をもらった。和世はグラスの水を飲み干した。

「あんたは、博多へもいっていたが、その用事はなんだった」

「兄と一緒に、小さな店でもやろうって考えたので、繁華街を見にいったの。だけど兄と衝突してしまったので、水商売の店で働こうかなって思って」

「嘘だろ」

「なぜ、嘘だっていうの」

　和世は丸い目をして道原をにらんだ。

「あんたは、松本の竹下と札幌の猪木とも接触している。水商売の店で働こうとしている女性ではない。酒場か料理屋を自分でやろうと、二人に持ちかけたにちがいない。あんたは顔立ちがいいし、度胸もよさそうだ。竹下と猪木に見込まれたにちがいない」

　ざるそばが三人前届いた。道原と吉村が、事件関係者と一緒に食事をするのは久し振りだ。

　和世は、音をさせてそばをすすった。箸を置くと胸を反《そ》らして、

「刑事さん。はっきりいっておきますけど、わたしのことを、四人組の一人とか、一味の一人なんて呼ばないで。わたしはどの事件にもかかわっていませんので」

　と、断言した。

「事件を起こしたか、事件にかかわったのはだれなんだ」

「知りませんよ、そんなこと」

　彼女は表情を変えず、木で鼻をかんだようないいかたをした。

　椅子を立った彼女に、これからどこへ行くのかをきいた。

「職さがし」

「ハローワークへ」

「そう」

　札幌中央署員に彼女の後を尾けてもらうことにした。

第七章　無明長夜

1

札幌中央署を出た沼田和世が、テレビ塔近くのカフェへ入ったと連絡があった。職さがしをしている者には見えない。三十分ほど経って札幌中央署員が店内をのぞくと、和世は恰幅のいい五十歳見当の男と向かい合っていた。道原と吉村はカフェの前へ着いた。

和世は微笑を浮かべて体格のいい男と一緒に店を出てきた。警察署で事情を聴かれたことなどとうに忘れてしまっているようだ。

二人はすすきの交差点角のダイマルビルに入った。バーやスナックが何軒も入っているビルだ。

二人は一時間ほどしてビルを出てきた。今度も和世は薄く笑っている。交差点を渡って居酒屋へ入った。男は一般の会社員ではなさそうだ。道原は、刑事とは待つ商売だ、と自分にいいきかせた。

吉村に店内をのぞかせると、和世は恰幅のいい男と三十歳ぐらいの女性とで、飲み食いしているという。札幌には知り合いが幾人もいるようだ。富山では医薬品会社に勤めていたが、どんな仕事をしていたのか社交性もあるのだろう。

道原は張り込みをしながら、ふと寺石則人を思い浮かべた。彼は中学の教師だった。夜、枕に頭をのせると、受け持っていたクラスの生徒たちの顔が浮かぶのではないか。生徒から家庭での困り事についての相談を受けた日もあっただろう。彼は松本の学校のほうを向いて、手を合わせる日がありそうな気がする。

和世は、居酒屋に一時間半ほどいて、体格のいい男と、三十歳見当の小奇麗な女性と一緒に出てきた。男と女性は、それぞれタクシーに乗って消えた。和世は大通りをゆっくりと歩いて、ホテルにもどった。三人は商談をしたのだろうと道原は読んだ。

彼のその想像はあたっているようだった。翌朝である。きのう和世が一緒に飲み食いしていた男と三十歳見当の女性が、和世が泊まったホテルへ現れた。三人はラウンジでコーヒーを飲むと、歩いてすすきの交差点角のダイマルビルに入った。吉村が三人を尾けた。彼はすぐに道原の前へもどってきた。

「三人は、二階の空き店舗らしいところへ、男がキーを使って入りました。店名の看板ははずされていましたが、以前はたぶんスナックのような店だったと思います」

男はその店の権利を持っているのだろう。あるいはビルの所有者かもしれない。和世は三十歳見当の女性と一緒に、スナックでも開くつもりなのではないか。

道原はもう一日、和世の行動を見張ることを課長に電話で断った。

体格のいい男はビルを出ていったが、和世と三十歳見当の女性は空いている店に残った。片付けをしているのか、開店準備でもしているのか、

「ときどき、ことことと音をさせている」と吉村はいった。

正午すぎ、女性はビルを出ていき、近くのスーパーで弁当を買ってもどった。

道原と吉村も午後一時すぎに昼食をすませた。

午後四時に若い男が段ボール箱を二つ重ねて、和世たちがいる店へ入った。酒とつまみを運んできたにちがいない。べつの男がやってきて、ドアの上に四角い電灯を点けた。それには青い字で「メルヘン」とあった。

午後六時半、和世と女性はドアの外へ出て、店名の入った電灯を仰いだ。

道原たちはビルを出た和世と女性の後を追った。彼女らは札幌では有名な蟹《かに》料理の店へ入った。二人はあしたから、スナックをやるのだろう。

道原はホテルの部屋でテレビを点けた。ニュースが始まった。夕方、横浜市内で、横断歩道を渡っていた男が歩道上へ倒れた。その人は救急車で病院へ運ばれたが、心臓麻痺を起こしたらしく、死亡した。ポケットに保険証が入っていて、住所が松本市城山の沼田増穂とあった、と報じた。沼田椿の父であり、和世の兄にちがいなかった。

吉村もニュースを観たと電話をよこした。

増穂は和世と一緒に暮らしていたらしい。が、和世は札幌へ移った。増穂はそれを知っていたかどうかは分からない。あるいは兄妹喧嘩《げんか》を起こして、別居していたのかもしれない。増穂は、椿と寺石の二人とも交流を絶っていたことも考えられる。

椿は、今夜のテレビニュースを観ただろうか。父親の災難を知って、母や妹と連絡を取り合っただろうか。札幌のホテルに泊まっている和世は、ニュースを観ただろうか。

椿はニュースで、父親の災難を知ったら和世に電話をしただろうか。

これまで四人組とみられていたが、その一角が死んだ。いや、和世が札幌へ移ったのだから、一味の紐帯《ちゅうたい》はくずれたことになる。

吉村は電話で、和世は松本へ行くだろうかといった。

「行かないだろう。開店準備を終えたのだから、店のほうを優先するだろうな」

増穂の死亡によって、沼田家は崩壊するような気がする、と吉村はいった。


次の朝、道原と吉村は松本空港へ着いた。その足で、市内城山の沼田家を訪ねた。

遺体になった増穂が、妻の淳子と次女の綾乃に支えられて帰宅したところだった。

遺体に手を合わせると、淳子と綾乃に向かって悔みを述べた。

「主人は、和世さんと手を組んで、事業でもしようと思っていたらしいけど、わたしは反対でした。水商売を計画しているらしい和世さんが、わたしは嫌いでした」

淳子は、真っ直ぐに道原の顔を見ていった。涙は見せなかった。

「椿さんには連絡しましたか」

「いいえ。あの子はいまどこにいるのか、電話番号も知りません」

椿は、父親の死を知らずにいるようだと淳子はいったが、道原は首をかしげた。犯罪にかかわった者はニュースに敏感だ。テレビニュースを観なくても、新聞を買っているだろう。

けさの新聞には沼田増穂の死亡記事が載ってい

た。父親の死亡を知って駆けつけてくる椿を、警察官が張り込んでいるにちがいないと、彼女は判断しているだろうから、自宅には近寄らないのだ。電話もないという。椿はどこかで、松本のほうを向いて、手を合わせているような気がする。

　椿は、いまも寺石則人と一緒だろう。江の島で磯料理の店をやるつもりだったが、彼女の居場所を嗅ぎつけて接近してきた男がいた。フリーライターの曽根和良だ。彼は横尾の事件に強い関心を持って、行方不明の椿の足跡を追っていた。

　椿が江の島にいるのを嗅ぎつけて、会いにやってきたのだろう。彼は身の危険を感じてはいただろうが、隙を衝かれた——

「主人は、交通事故に遭って怪我をしました。怪我のせいで体調のすぐれない日があって、たびたび会社を休んでいました。そのために給料も減らされたので、焦りを感じていました。それで和世さんと手を組んで、一旗あげようとしていたんです。ここを出ていってから、無理をしていたのだと思います」

　淳子は恨めしげに夫の遺体のほうへ目を向けた。

　綾乃は赤い目をして俯いていた。

　綾乃の友だちが二人、母親を伴って悔みを述べに訪れた。綾乃はその二人の姿を見ると、顔を両手でおおって、声を出して泣きはじめた。友だちの二人は、綾乃の両脇にすわって肩に手を置いた。

　近所の主婦が三人やってきた。黒い衣の僧侶が二人、白いハンカチを額にあてて座敷へ上がった。道原と吉村は、廊下に膝をついた。

「沼田和世はどうしているのでしょうね」

吉村は道原の耳へ、ささやくようにいった。

「メルヘンという店の開店準備に追われているし、最初に入ってくるのは、どんな客かを想像しているだろう。……メルヘンというのは、おとぎ話だったな」

「そうです。昔話や童話です」

僧の読経が始まった。近所の人たちも道原たちも合掌した。

道原のケータイがチリチリと鳴った。三船課長からだった。道原は外へ飛び出した。

「たったいま、藤沢署の日野《ひの》刑事課長から電話があって、指名手配中の一人の寺石則人は、江の島にいるんじゃないかっていうんだ」

「その根拠はなんでしょう」

「鵠沼海岸の豆腐屋の主人から藤沢署へ電話があって、指名手配の写真の人物に似ている男が、店の前を二回通ったということらしい。捜査員は豆腐屋へいって、主人にあらためて指名手配の写真を見せて話をきいた。似ているという男は寺石則人だ。鵠沼海岸は江の島に近い」

寺石則人の身長は一七〇センチ近い。中肉で色白のほうだが、いまは陽焼けしているかもしれない。

豆腐屋の主人が見掛けた男が寺石だったとしたら、彼は江の島か、その付近に潜伏している可能性は濃い。

翌朝、道原と吉村は鵠沼海岸へ向かった。晴間《はれま》屋《や》豆腐店は、道路のド真ん中を緑の電車が走る小田急江ノ島線鵠沼海岸駅のすぐ近くだった。五十代半ばの主人は、白いTシャツに白い帽子をかぶっていた。

「二度見掛けたのは、どの人ですか」

道原は四人の写真をテーブルに並べた。

「この人です」

主人は迷わず寺石則人の写真を指差した。

最初に男を見掛けたのは、一昨日の午前十一時ころ。男は右を向いたり左を見たりしながら、ゆっくり歩いていた。なにかをさがしているような恰好だったので、主人は店の奥からその男を見ていた。見ているうちに警察官が置いていった手配写真を思い出した。男は右のほうへ行ったのか、左のほうへ行ったのか姿は消えていた。

二度目に男を見たのは同じ日の午後四時ごろだった。そのときの男は真っ直ぐ前を向いて江ノ島駅方面へ歩いて行った。あらためて手配写真を見て、「似ている」と確信したので、警察に電話した、と主人は語った。

「その男は、どんな服装をしていましたか」

「白じゃなかった、空色っていうのか色の付いた半袖シャツに、黒か紺のズボン」

「なにか持っていましたか」

主人は首をかしげていたが、なにも持っていなかったようだと答えた。

なにも持っていなかったのが事実なら、その男は遠方からきたのではなさそうだ。

道原たちは藤沢署へ行って協議のうえ、晴間屋豆腐店を中心にした周囲の聞き込みに取りかかった。会った人たちには寺石の写真を見てもらった。が、見たことがある、と答えた人には出会えなかった。

寺石は遠方に住んでいて、たまたま豆腐屋の前を二度通ったのではないか。あるいは、豆腐屋の主人が見た男は、寺石ではないのかもしれない。

道原と吉村は、藤沢署員と手分けして、二日間、聞き込み捜査をしたが、成果を得ることはできなかった。何日か間をおいて、あらためて聞き込みをすることにした。

札幌中央署へ電話した。すすきののダイマルビル二階に開店したメルヘンというスナックのようすをきいた。

「ゆうべ二人で、メルヘンへ行きました。五人が掛けられるカウンターには、開店祝いに贈られた花が飾ってあり、贈り主は『大丸《だいまる》』でした。ママは四十代半ばで、アカリと名乗りました。三十代のほうはソラという名を使っています。ソラは清潔感のある美人で、水商売の経験がありそうです。客は、私たちのほかに五人入っていました」

ママの印象を道原はきいた。

「気の強そうなママです。口数が少なくて、ときどき客の正体をさぐるような目付きをします」

和世のことだ。彼女は刑事に向かって平然と偽名を使った女性である。実兄が亡くなったのに、その家族に対して悔みの一言もいえない女なのだ。

2

沖島ハナは、松本市中心部のあがたの森通りの井戸で、カップがあるのに、柄杓をつかんで、水を飲んでいた。色褪せたピンクの買い物袋を持っていてそれが少しふくらんでいる。

「あら、道原さん、なんでぶらぶらしてるんですか」

「ぶらぶらではありません。仕事中なんです」

ハナはなにを買ってきたのかと、袋の中をのぞいた。透明なパックに入った数の子で、二千円あまりの値札が貼ってある。

「数の子が好きなんですか」

「ええ、大好き。これに山椒《さんしょう》味噌を塗って、温かいご飯の上にのせて、何度にも分けて」

彼女は小柄なのに大食いなのでは。道原は彼女の話をきいているうちに喉が渇いてきた。

市内城山の沼田家を訪ね、増穂の位牌《いはい》に焼香して、椿から連絡がないかを淳子にきいた。

彼女は無言で首を横に振った。その顔は血が通っていないような色をしていた。

松本署は札幌中央署に、メルヘンという店でアカリと名乗っている沼田和世の住所を確認してもらった。鮭《さけ》の遡上《そじょう》を見ることのできるそこは豊《とよ》平川《ひらがわ》の右岸に近い黄色の壁の小さなマンションで、彼女は独り暮らしだという。

札幌中央署は、彼女の帰宅を一週間尾行した。彼女と、ソラと名乗っている女性は、午後十一時五十分に店を閉める。二人は、ビルを出たところで手を振って左右に分かれ、アカリはタクシーに乗って帰宅している。店の休日は日曜と祝日。彼女は、兄の増穂の死亡を知らぬげで、葬儀にも参列しなかった。

道原と吉村は札幌へ出張し、昼間、和世を札幌中央署へ呼んだ。

彼女は、指名手配されている四人組の一人だった。沼田増穂が心臓麻痺で死亡したので、目下手配されているのは二人だ。

和世が住んでいるマンションのインターホンに呼び掛けると、

「ご用はなんですか」

と彼女はきいた。

「聞きたいことがあるので、札幌中央署へご同行願いたい」

中央署員が呼んだ。返事に迷っているのか一分ばかり黙っていた。

「支度をしますので、待ってください」

彼女は化粧でもしているのか二十分ほど待たせて、部屋を出てきた。ベージュ色の薄手のジャケットに紺のパンツだ。薄茶に染めた髪は豊かである。茶色のバッグを腕に掛けると、四人の捜査員の顔を見まわしてから車に乗った。なにを聞かれても怖くはない、といっているようだ。

道原は取調室で彼女を迎えた。彼女は道原を見ると一瞬意外そうな表情をした。

きょうの道原は、彼女に氏名を聞かないことにした。

「開店した店は、繁昌しているようだね」

「繁昌とまでは、いえません」

「あんたには、水商売の経験があるの」

「富山にいるあいだに、知り合いの店を手伝ったことがありました」

「開店するについては、まとまった金が必要だったと思うが」

「有り金をはたいたんです」

「兄さんの増穂さんが亡くなったが、あんたは葬儀に行かなかった」

「警察は、わたしがくるのを待っていたんでしょう」

彼女は、きつくて冷たい目を道原に向けた。

道原は、指先でペンを回転させていたが、いきなり、

「沼田椿はどこにいる」

と、顔をにらんできいた。

「知りません」

「札幌へくるまで、あんたは、椿と寺石と一緒だったんじゃないのか」

「いいえ。あの二人とは、とうに別れていました」

「どうして」

「一緒になにかやっても、いいことはないと思ったので」

「あんたは博多へ行っていた。四人でなにか事業をやろうと、計画していたんじゃないのか」

「わたしは独りで行ったんです。だれとも組もうとは思っていませんでした」

「あんたたちの四人と関係のありそうな男が二人、殺された。七里ヶ浜の駐車場では、大町の八島雪男さんが。江の島ではフリーライターの曽根和良さんが。あんたが殺《や》ったのか」

「わたしは、わたしはそんなこと……」

和世は胸で手を合わせると、首と肩を強く震わせた。

「八島さんと曽根さんは、四人のうちのだれかに、出刃包丁で刺されたことは間違いない。それを実行したのは、だれなんだ」

「知りません」

「知らないことはないだろ。殺された二人は、あんたたち四人と接触したんだから」

「知りません。わたしじゃない。わたしは関係ない」

彼女は肩を抱いて震えた。

「あんたは、石川なんとかという偽名を平然と使った女だ。私は、あんたが一番臭いとにらんでいる」

彼女は、肩を抱いていた両手を頭に上げ、

「わたしじゃない」

と、血を吐くような声を出した。

道原は、椿と寺石の住所を教えろ、と追及した。

「横浜にいるんじゃないかと思います」

「横浜に。なぜ」

「兄の増穂がいたからです。横浜には、兄と親しかった人もいるようでした」

増穂と親しい人の氏名と住所をきいたが、和世は知らないといってから、淳子は知っているだろうといった。義姉のことである。

「あんたは当分、メルヘンをやっていくつもりなんだね」

「当分じゃありませんよ。ずっとです」

和世は道原に突き刺すような目を向けた。

八島雪男が殺害された現場にも、曽根和良が無念を遂げた現場にも、和世がいたという証拠がなかったので、ひとまず帰宅させることにした。

「店を閉じたり、住所を変えたら、連絡すること」

「開店したばかりなのに、縁起の悪いことをいわないでください」

和世は席を立つと、道原をにらみつけた。

道原は思い付いて、寺石則人と沼田椿のケータイの番号を和世にきいた。

「二人とも番号を変えました。新しい番号は知りません」

「それは都合が悪いだろ。金に詰まった場合、寺石に泣き付くことができない」

和世はぷいっと横を向いた。

彼女は、寺石から現金をあずかるか、借りていたにちがいない。その金をスナックの開店資金にあてたのだろう。あるいは寺石から金をあずかったまま札幌へきて、彼には現状を伝えていないのかもしれない。

　和世を帰宅させると、道原と吉村は、札幌中央署の刑事課長と協議した。行き場を失っていた寺石と椿が、札幌へくることが考えられたからで、和世がはじめたスナック・メルヘンへ出入りする人物を監視することにした。

　札幌中央署から松本署へは毎日、メルヘンを出入りする人物の写真が送られてきたが、そのなかには寺石と椿はいなかった。和世は二人と縁を切ったのだろうか。

　大町の平安商事の社員をつかまえて、なにかを探ろうとしている男がいるらしい。その男の目的は不明だと、社員の一人が大町署に訴えた。その男は、松本署員にも接触していないかという問い合わせが大町署から松本署にあった。

　道原は大町署の百瀬《ももせ》に電話で、男の風采などをきいた。

「年齢は四十歳見当。身長は一七〇センチ程度で、顔立ちがよく、身なりもいいらしい」

「その男は、平安商事の社員にどんなことをきいたんだ」

「どうやら、七里ヶ浜の駐車場で殺された八島雪男の動向について、知りたいことがあるようだ。平安商事の寺石社長は、社員に対して、だれかに八島のことをきかれても、知らないといって、一言も答えるなといっているらしい」

「八島のことを知りたい。……もしかしたら八島が、江の島へ行った目的をつかみ、それをネタに、平安商事を強請《ゆす》ろうとしているんじゃないだろうか」

道原がいうと百瀬は、考えられることだと相槌《あいづち》を打った。

百瀬のいったことを、道原は三船課長に伝えた。

「八島が殺されたのは、五月だったな。四か月も経ってから、八島が江の島へ行った目的をさぐっている。……その男、もしかしたら八島の奥さんの回し者じゃないか」

「奥さんの回し者……」

「奥さんは、夫が殺された原因を知りたくなったんじゃないか。なぜ殺されたのか納得できないでいた。それで、夫が江の島か、その近くへ行った目的をつかみたい。それと、だれが殺《や》ったのかを」

回し者はプロではないかという。つまり私立探偵だ。


道原は大町署へ行って百瀬に会った。

百瀬は、八島雪男の妻に会いに行こうと道原を誘った。

八島家は、同じような造りの二階屋が五、六軒並んでいるうちの一番奥だった。エツ子という妻はすぐに出てきて、百瀬と道原を座敷へ上げた。二人の刑事は、旅先で不慮の死を遂げた雪男の遺影と位牌に向かって合掌した。

すぐにお茶の用意をするといったエツ子を、百瀬がすわらせた。

「単刀直入にうかがいますが、奥さんは、ご主人が江の島かその付近へ行った目的を、正確に知るため、その調査を、どこかに依頼しましたね」

エツ子はすわり直すと下を向いて、「はい」と小さい声で答えた。

「どこへ依頼したのですか」

「知り合いにきいて、東京の神田《かんだ》の赤井《あかい》調査事務所へ相談しました」

平安商事社長の寺石鉄造は、八島にどれぐらいの現金を持たせ、どこのだれに会いに行かせたかをエツ子にはいわなかった。エツ子は鉄造からまとまった金額の弔慰金をもらったが、鉄造は夫が行った先も、だれに会いに行ったのかも話してくれなかった。それで、納得できないことを知人に相談した。彼女の話をきいた知人は、東京の赤井調査事務所を教えてくれた。

エツ子が調査事務所を訪ねた一週間後、調査事務所の布川《ふかわ》秀策《しゅうさく》という調査員が訪れ、「八島雪男さんの出張目的や出張先などを調べる」といった。

「布川という調査員から、ご主人の出張目的などの報告を受けましたか」

「はい。布川さんは何日間か調査をして、その結果を報告してくれました」

八島雪男は、社長の寺石鉄造から、現金二千万円を持って、藤沢市内のアパートにいる寺石則人に会って金を渡してくるようにといわれた。則人は二十二、三歳の目鼻立ちのととのった女性と一緒に住んでいる、と、社長に電話で報告した。ところが八島はその日の夜、七里ヶ浜の駐車場で刃物で刺されて殺害された。加害者は、則人か、彼と一緒に住んでいた女性にちがいない、と布川はエツ子に報告した。

「調査員から報告を受けたあなたは、寺石鉄造氏に会いに行きましたか」

「会いに行くつもりですけど、まだ行っていません」

「危険です。行ってはいけない。鉄造氏に向かって、いいたいことも沢山あるでしょうが、我慢しなさい」

　鉄造は、江の島あたりで事業をやりたいといった則人を援《たす》けるために、八島に現金を持たせたのだが、まさか殺されるとは思っていなかっただろう。彼は、則人を大町へ招《よ》んで、現金を渡すべきだったと、後悔していそうな気がする。

　鉄造と則人は、現在、連絡を取り合っているのだろうか。則人は、鉄造から贈られた現金を抱えて、東へ行ったり、西を向いたりしているような気がする。抱えている金は少しずつ減っていく。経営するはずだった江の島の磯料理店・貝茂は、ヤサカ亭の竹下善治の手に渡ってしまった。元教員の彼は、沼田和世のように万事に達者でも積極的でもない。二十三歳の沼田椿の尻に敷かれているようにも思われる。

3

　札幌中央署からは毎日、すすきののスナック・メルヘンのようすについての連絡がある。もしかしたらメルヘンへは、沼田椿がホステスとして入るのではと考えられているが、いまのところ同店に従事しているのは、アカリと名乗っている沼田和世とソラと名乗っている女性だけである。

　メルヘンは繁昌とまではいえないだろうが、毎晩七、八人ぐらい客が入っているという。もしかしたら和世は、すすきのでの商売に自信を深めて、何年か後にはメルヘンよりも規模の大きい店を開くのではなかろうか。かつては江の島で磯料理の店を、沼田椿や寺石則人、沼田増穂と一緒にやろうとしていた自分を、嘲笑う日がくるような気もする。

　一気に秋が深まったような涼しい風が吹き、江の島の北緑地のコスモスの花が揺れている九月十三日の早朝、北緑地やモース記念碑周辺を清掃していた男性が、江の島弁天橋の下の暗がりに、妙なものが浮いているのを目にしたので、近くの商店の人を呼んだ。商店の人や食堂の人たちが舟に乗って「妙なもの」に近寄った。

「人だ」

「男だ」

　人々は驚き、警察に通報した。

　警察官は橋の下から男を引き揚げた。無論男は死亡していた。死者は四十歳をいくつか過ぎているように見えた。白い半袖シャツに黒いズボンを穿《は》いていた。靴も靴下もなかった。ズボンのポケットに小銭入れがあって二百十三円が入っていた。そのほかに氏名や身元が分かりそうな物は身につけていなかった。

　遺体は大学の医学部へ運ばれて検査された。左脇腹を刃物で刺され、生きているうちに海に突き落とされたものと断定された。凶器は、「包丁様の刀背《みね》の薄い平滑な刃器《じんき》」とされた。つまりどこの家庭にもありそうな出刃包丁だ。

　死者の身元が不明なので警察はマスコミを使って、広く呼び掛けた。江の島で今年になって二件目の重大事件である。

　道原は、昼のテレビニュースで事件を知り、天井を仰いだ。男の横腹を刺した凶器を頭に浮かべた。

　藤沢署へ電話して、弁天橋の下から発見された男性遺体の身元は判明したかをきいた。

「分かっていません。発見現場付近に関係のある人かもしれないので、目下聞き込みをしています」

　午後三時、藤沢署から連絡があった。

「けさ、江の島弁天橋の下から遺体で見つかった男性は、辻堂の松浪荘《まつなみそう》アパートに、若い女性と住んでいた竹下善治という人ではないかと見られています。目下、アパートの家主が、遺体が運ばれた大学へ行っています。間もなく、竹下という人かどうかが判明すると思います」

　その三十分後、また藤沢署から連絡があって、

「遺体の男性は、竹下善治に間違いないということになりました。ただ今、署の鑑識が松浪荘アパートへ行って、毛髪などを拾っています。竹下という男はアパートの家主に、前住所を松本市と申告していました。一緒に住んでいた若い女性は、最近、アパートにいないようです。その女性の氏名は不明です」

　遺体の男の体格は、身長一七〇センチ程度、体重六二キロ程度で、栄養状態は良好。

　道原は首をかしげた。竹下善治はヤサカ亭のマスターだ。その竹下がアパートの一室を借りたのか。道原は遺体の男の顔写真を送ってもらった。写真には添え書きがしてあった。「右腕の肩に近いところに、長さ約七センチの切り傷の跡がある」

　遺体の男性は寺石則人のような気がする。

　道原と吉村は、藤沢署から送られてきた男性遺体の写真を持って、市内岡田松岡の寺石家を訪ねた。則人の妻の季美が薄紫色の半袖シャツ姿で出てきた。

「見ていただきたいものが」

道原がいうと、彼女は目を緊張させた。

顔写真を彼女に向けた。彼女は、「はっ」と息を吸い込んだ。

「寺石です」

彼女はささやくような声を出した。

道原はうなずくと、もう一枚の写真を見せた。傷跡のある腕の写真だ。

「十年ぐらい前ですが、山へ登って、転落したときに負った怪我の跡です」

「ご遺体はけさ、江の島弁天橋の下で発見されました。亡くなってから十時間ぐらい経過しているということでした」

「江の島の海で……」

彼女は両手で口をふさいだ。見る見るうちに瞳が光った。

「わたくしは、どうすればいいのでしょうか」

「藤沢署で、ご遺体を確認したうえで引き取っていただくことに」

「娘や身内に、なんといったらいいでしょう」

彼女は崩れるように床に手をついた。しばらくじっとしていたが、気を取り直してか、

「娘たちの学校へ、電話を」

といって立ち上がった。

一時間ばかり経つと、長女の初美と次女の麻紀が帰ってきた。季美は奥の部屋で二人の娘に、父則人が江の島の海で発見されたことと、藤沢署へ行って、遺体を引き取ることを話したようだ。道原と吉村は玄関にいたが、泣き声は聞こえてこなかった。

季美は大町市の夫の実家に電話した。平安商事社長の寺石鉄造と話しているようだった。

鉄造は四十歳見当の社員を連れて車でやってき

た。彼は眉を吊り上げていた。

道原たちの車には季美と次女の麻紀が乗った。長女の初美は鉄造たちの車に乗って、藤沢市へ向かった。

藤沢署には真夜中に着いた。係官から短い説明があって、冷たい空気の霊安室へ案内された。死者の妻と二人の娘は、白いハンカチを口にあてていた。鉄造は三人の後ろに立っていたが、急に則人の名を呼んだ。

「いったいどうしたんだ。なぜこんな姿に……」

というと、則人の枕元へ寄って、また名を呼んだ。鉄造と則人は、仲の良い兄弟だったようだ。

翌朝、警察が手配した葬儀社の車で、則人は松本の自宅へ運ばれた。

道原たちは、藤沢署員から寺石則人の左脇腹を刺した凶器についての説明を受けた。

「六月二十九日の夜には、フリーライターの曽根和良氏が、出刃包丁らしい凶器で刺されて翌朝、死亡した。寺石則人氏も包丁と思われる凶器で殺《や》られた。二人の事件の加害者は同一人物ではないかという見方ができる。寺石氏は辻堂のアパートに住んでいたが、どんな生活《くらし》をしていたのかを詳しく調べること」

刑事課長は二十人ほどの捜査員を見渡した。

後ろのほうにいた道原は手を挙げた。鵠沼海岸の晴間屋豆腐店の店主が、寺石則人に似た男を店の中から二度見ているといったことを報告した。捜査員たちは、道原の発言をメモした。

「寺石は、二十三歳の沼田椿と一緒に暮らしていたと思います」

道原は、手配写真の沼田椿を指さした。

「元中学の教頭か……」

捜査員の一人がつぶやいた。

辻堂の松浪荘に、竹下善治と名乗って住んでいたのは、寺石則人だった。彼は居所を隠すために、写真が付いていない竹下の身分証でも借りて、それをアパートの家主に見せて入居したようだ。この世に竹下善治が二人いることになった。

他人の名を使って住んでいた寺石は、沼田椿らしい若い女性と一緒だった。だが一週間ほど前から女性の姿が見えなくなった。

竹下と名乗っていた寺石は毎日、どこかへ出掛けていた。その姿を何度か見ていたアパートの家主は、職さがしでもしていたのではといった。

道原は、あらためて指名手配の四人の写真をデスクに並べた。四人のうちの沼田増穂は横浜市内で歩行中に倒れて死亡した。竹下を名乗っていた寺石則人は、江の島弁天橋付近で腹を刺されて、海へ突き落とされて死亡した。

沼田和世は、札幌すすきのでスナックを始めた。沼田椿はどこにいて、生きているのか死んだのか分かっていない。辻堂の松浪荘に寺石則人と一緒に起居していたのに、一週間ほど前に姿を消した。どこかから死体で見つかるのではという想像も沸いて、道原は寒気を覚えた。

道原は、竹下善治に電話した。松本にいるのなら会うつもりだった。

「あなたとは仲良しだった、寺石さんが、とんだ目に遭いました」

「私にとっては無二の友人でした。残念でなりません。食欲もないし、夜もよく眠れません。……若い女性を好きになってしまったことから、家庭も名誉も棄てたようでしたが、いまにかならず立ち上がってくるだろうと、私はみていました」

竹下は、「残念」という言葉を繰り返した。道原は、竹下のしんみりした言葉をきいたのは初めてだった。竹下は松本にいることが分かったので、これから会いに行くがいいかときくと、大事な用事があって出掛けるので、またにしてもらいたいといわれた。刑事とは会いたくないようだった。

江の島の磯料理の貝茂は、寺石たちの四人が運営するはずだったが、意見が合わなくなってか、分裂してしまった。そのどさくさに紛れて、名義を貸していた竹下がオーナーになった。彼は物陰でにんまりしていそうだ。

道原は、貝茂は何人でやっていて、どういう人が店長を務めているのかを知りたくなった。辻堂のアパートに住んでいた寺石も従事していたのではないかと思ったからだ。


翌日、道原と吉村は車で、午前十一時過ぎに江の島に着いた。晴天だ。海原がきらきらと輝いていた。ヨットが波を蹴っている。江の島弁財天仲見世通りは、きょうもにぎわっていた。朱の鳥居の下では、若いカップルが写真を撮り合っている。

道原たちは貝茂に入った。テーブルは八席ある。奥のテーブルでは三人の男が昼日中なのに酒を注ぎ合っていた。窓ぎわの席が空いたので、そこへ向かい合ってすわった。二人は迷わず、シラス飯とうどんを頼んだ。客のオーダーをきいているのは二十歳ぐらいの陽焼け顔の小柄な女性だった。彼女が、壁ぎわの席で客の注文をきいているのを見て、道原はそっと席をはなれ、調理場と客席の仕切りのカーテンに手を掛けた。調理場には三人いて、一人は女性だった。その女性は背中を向けて手を動かしている。

五、六分経ってから、またカーテンに手を掛けた。調理場の女性は、器に料理を盛ると、カーテンの横の棚に料理を盛った器を置いた。
道原の頭は突如熱を帯びた。毎日、目に記憶させていた指名手配の写真の女性が、調理場から料理を受け取るための台へ、料理を運んでいた。その女性は、紛れもない沼田椿だった。彼女はわりに背が高い。色白で目鼻立ちがはっきりしている。懐かしささえ覚えた。一瞬だが、刑事であることを忘れた。

これまでの道原と吉村は、江の島中を見てまわった。鎌倉や藤沢市内をも歩きまわった。ひたすら椿をさがして歩いていたのだ。

道原は吉村の前へもどった。箸を持ったが、手が少し震えた。かつてなかったことである。

「道原さん。気分でも悪いのでは」

吉村は小皿の生シラスを一口食べてきいた。

道原は顎で調理場を指した。

「椿だ。椿がいる」

「えっ、この店に」

椿は、この店の調理場にいるかぎり安全と考えているようだ。

道原は、胃のあたりを撫でると、窓を向いて藤沢署へ連絡した。サイレンを鳴らさずに貝茂という店へきてくれ、と告げた。

沼田椿は、左右から藤沢署員にはさまれた。黒い髪を短くしていた。陽にあたったことがないように顔は白い。道原は彼女の正面に立った。彼女は道原の顔をちらりと見てから目を伏せた。頬が少しこけている。そのぶん目が大きく見えた。

寝泊まりはどこでしていたのかときくと、この店の奥だと答えた。辻堂のアパートに寺石則人と一緒に住んでいたが、彼といい争いでもしたのか、アパートを出て、この店の奥の更衣室で寝ていたらしい。

4

沼田椿は藤沢署に連行され、取調べが始められた。刑事課長が、彼女の正面の椅子にすわった。彼女は、ちらっと課長の顔を見たが、まばたきをして目を伏せた。

「辻堂のアパートで、竹下善治を名乗っていたのは、寺石則人さんだった。あんたは寺石さんと一緒に住んでいた。夫婦のような暮らしをしていたが、なにかのきっかけから、あんたはアパートを出たらしい。喧嘩でもしたのか」

課長は、穏やかな口調できいた。

椿は、二、三分、下を向いてなにも答えなかったが、顔を起こすと、

「彼は、松本へ帰りたいといい出しました。奥さんや、子どもが恋しくなってきたんです。松本を出るとき、わたしは、彼に、奥さんや子どものことを思い出すんじゃないのって、何度もいいました。すると彼は、忘れることはできないが、絶対にもどろうとはしない、といいました。ところが最近になって、良心が痛むようになったらしく、私は間違っていた、罪を犯していた、なんていうようになりました」

「あんたは、寺石さんの気持ちを、酌《く》んであげる気にはなれなかったんだね」

「いまごろになってなにによって、腹が立ちました。彼とは別れたくなかったんです。奥さんや子ども

のところへ、帰したくなかったんです。そして、彼が無性に憎くなりました」

「それで、寺石さんを殺す気になったのか」

「悔しくて、憎くて、そして寂しくて……」

「それで、貝茂の調理場から包丁を持ち出し、彼と一緒に歩いていた弁天橋の上あたりで、彼の横腹を刺したんだな」

　椿は、顔に両手をあてた。歯を食いしばっていた。彼女が寺石の腹に出刃包丁を突き刺したのは、九月十二日の午後九時ごろだったという。彼の腹を刺した凶器の包丁は海に沈めた。

　課長は、椿を置き去りにして取調室を出ていったが、三十分ほどしてもどってきた。

「六月二十九日。たぶんそれまで会ったことのない中年男性が、あんたに会いにきた。曽根和良という名のフリーライターだ。曽根という人は、五月四日の朝、横尾の避難小屋の前に張ったテントの中で殺されていた戸倉正一郎さんの事件をしらべていた、とあんたにいったと思う。……あんたは五月三日の夕方、横尾山荘をそっと抜け出た。山荘の調理場で出刃包丁を盗んだ。その包丁で、眠り込んでいた戸倉さんを刺して殺した。なぜ戸倉さんを殺したのか、と曽根さんはあんたの首を絞めるようにきいたはずだ。……あんたはなぜ、戸倉正一郎さんを殺したのか」

　課長は、光った目を椿の白い顔に向けた。

「寺石先生を強請っていたからです」

「強請っていた……」

「偶然でしょうが、ある日寺石先生とわたしがホテルに入るところを、見掛けたらしいのです。それで戸倉は、教育者のあなたが、といって、寺石先生を脅迫したんです。中学校の教頭の寺石先生は、若い女性とホテルを利用していることを、世間に知らされては困るので、現金を渡して、黙らせることにしました。寺石先生は大金を戸倉に渡したようでした。しかし、寺石先生とわたしの関係は、学校にだけでなく、世間にも知られるようになりました。戸倉が喋ったにちがいないのです。……五月三日の午後でした。横尾山荘に着いたわたしたちの一行は、夕飯まで休むことになりました。わたしは二階の窓を開けて外を眺めていました。すると単独行らしい男が、横尾大橋を渡ってきて、避難小屋近くへザックを下ろした。その男は戸倉正一郎でした。わたしの頭には血がのぼりました。仲間と蒲団の上でひと眠りするふりをして、部屋をそっと抜け出しました。山荘の調理場へ忍び込んで、包丁をつかんで、戸倉が張ったテントへ近づきました」

課長はまた取調室を出ていき、三十分ほどしてもどった。椿をいったん鎌倉署へ移すことになった。

道原と吉村は、鎌倉署でも取調べのもようを観察することにした。

鎌倉署の取調官は髭の濃い力士のような体格の人だった。

「五月十七日の夜間に、中年男性が七里ヶ浜の駐車場で、腹を刃物で刺されて殺された。その男性は長野県大町市の人だと分かった。職業も分かった。大町市の人がどうして七里ヶ浜へきていたのかが不明だった。が、後日、社用で藤沢市内か江の島へ出張できていたことが分かった。そういう人が無人の駐車場で殺されていたので、捜査を進めると、松本市に住んでいた男性に、現金を渡しにきたということが判明した。つまり手渡ししなくてはならない性格の金だったということも分かった。だが、なぜ殺されたのかが不明のままであり、加害者を特定することもできずにいた。……最近になって、五月十七日の夜、女性が運転する車が、駐車場を出ていくのを見たという情報が寄せられていた。車を運転していたのは、あんただったんだね」

　椿は顎を引いた。

　なぜ殺したのかをきいた。

「八島雪男さんに住所を知られたからです」

「住所を知られると困ることでもあったのか」

「戸倉正一郎さんの事件で、捜査の手が伸びてきそうな気がしていましたので」

「あんたは八島さんに、なにかきかれていたんだね」

「八島さんは、お金を寺石先生に渡しましたが、これからなにを、どこでしようとしているのかをきかれました。わたしたちは、江の島で商売を始めるつもりでしたけど、そのことも、住んでいるところも、知られたくなかったんです」

　椿は顔を伏せて、かすれ声で答えたが、寒さでもこらえるように肩を抱いた――

　道原と吉村は署へもどった。シマコが駆け寄ってきて、

「沖島直絵さんが、何度も電話をよこしました」

といった。ハナの曽孫である。ハナに異変でも起きたのか。

「直絵さんの用事は」

「ハナさんが寝込んだそうです。日に何回も寝床の中から直絵さんを呼んで、道原さんはどうしているってきくそうです」

道原は、三船課長に江の島と、藤沢署と、鎌倉署での沼田椿の自供内容を報告すると、市内惣社の沖島家へ駆けつけた。いつ見ても圧倒されるような大きい家だ。

玄関を入ってすぐ目につくのは、正面の壁に掛けられている農夫の絵である。

ハナは、八畳の部屋の真ん中に敷かれた赤い花柄の蒲団に寝ていた。

「道原さん。どこへ行っていたんです。何度も呼んだのに」

「申し訳ありません。仕事がちょっと……」

「わたしは、きのう、九十三になりました。お赤飯を炊いて、祝ってもらおうと思ったけど、直絵は、炊き方が分からんといって、白いご飯の上に、煮豆をのせて……」

ハナは力の入っていない咳をした。

「道原さん」

ハナは皺の寄った手を道原の手に伸ばした。

「江の島へ連れていってくれるっていってたよね。あしたは起きられるので、江の島へ連れてってって、お願いね」

翌朝、出勤すると道原の前へ蒼い顔のシマコが立った。彼女の目は少し赤かった。

「さきほど、沖島直絵さんから電話があって……」

彼女は、いい終わらぬうちに、両方の目から、音のするような涙をこぼした。

地図製作　デザイン・プレイス・デマンド

※この作品は書下ろしです。

※この作品はフィクションであり、実在の個人・団体・事件などとはいっさい関係ありません。　（編集部）

◎お願い◎

この本をお読みになって、どんな感想をもたれたでしょうか。「読後の感想」を左記あてにお送りいただけましたら、ありがたく存じます。

なお、「カッパ・ノベルス」にかぎらず、最近、どんな小説を読まれたでしょうか。また、今後、どんな小説をお読みになりたいでしょうか。読みたい作家の名前もお書きくわえいただけませんか。

どの本にも一字でも誤植がないようにつとめておりますが、もしお気づきの点がありましたら、お教えください。ご職業、ご年齢などもお書き添えくだされば幸せに存じます。当社の規定により本来の目的以外に使用せず、大切に扱わせていただきます。

東京都文京区音羽一―一六―六
郵便番号 一一二―八〇一一
光文社 文芸編集部

松《まつ》本《もと》・江《え》の島《しま》殺《さつ》人《じん》事《じ》件《けん》

2023年4月30日　初版1刷発行

著者　梓《あずさ》　林《りん》太《た》郎《ろう》
発行者　三宅貴久
組版　萩原印刷
印刷所　萩原印刷
製本所　ナショナル製本
発行所　株式会社光文社
東京都文京区音羽1-16-6
電話　編集部　03-5395-8254
書籍販売部　03-5395-8116
業務部　03-5395-8125
URL　光文社 https://www.kobunsha.com/

落丁本・乱丁本は業務部へご連絡くだされば、お取り替えいたします。

ISBN978-4-334-07752-5

Printed in Japan

「カッパ・ノベルス」誕生のことば

カッパ・ブックス Kappa Booksの姉妹シリーズが生まれた。カッパ・ブックスは書下ろしのノン・フィクション（非小説）を主体としたが、カッパ・ノベルス Kappa Novelsは、その名のごとく長編小説を主体として出版される。

もともとノベルとは、ニューとか、ニューズと語源を同じくしている。新しいもの、新奇なもの、はやりもの、つまりは、新しい事実の物語というところから出ている。今日われわれが生活している時代の「詩と真実」を描き出す——そういう長編小説を編集していきたい。これがカッパ・ノベルスの念願である。

したがって、小説のジャンルは、一方に片寄らず、日本的風土の上に生まれた、いろいろの傾向、さまざまな種類を包蔵したものでありたい。かくて、カッパ・ノベルスは、文学を一部の愛好家だけのものから開放して、より広く、より多くの同時代人に愛され、親しまれるものとなるように努力したい。読み終えて、人それぞれに「ああ、おもしろかった」と感じられれば、私どもの喜び、これにすぎるものはない。

昭和三十四年十二月二十五日

KAPPA NOVELS